ペーパーバッグ
クリスマス

最高の贈りもの

ケヴィン・アラン・ミルン

宮木陽子訳

Forest Books

The Paper Bag Christmas

This edition published by arrangement with Center Street,
New York, New York, USA
through Japan UNI Agency, Inc., Tokyo

Cover Illustration, Mark Stutzman

妻のレベッカへ。
きみがいなくては、人生は味気ないものになるだろうよ。
そして、父さん、母さんありがとう。
モーラーと名づけないでくれて。

プロローグ

子どものころの幻想《げんそう》を呼《よ》びさましてくれる
ハッピー、ハッピークリスマス。
老人は若《わか》き日の喜びを思い起こさせられ、
旅人は家庭の炉辺《ろへん》と静かな団欒《だんらん》の場に引きもどされる
ハッピー、ハッピークリスマス。

――チャールズ・ディケンズ（一八一二〜七〇）
英国の作家。
代表作『オリヴァー・ツイスト』、『二都物語』、『大いなる遺産』など。

「メリークリスマス」だろうと、「ハッピークリスマス」だろうと、これらの言葉は、その地域の好みに合っていれば未来は明るい。けれども、クリスマスシーズンにはつきもののジングルベルに押《お》され、たいていは月並《つきな》みな言葉にされてしまう。しかし、その

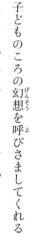

裏《うら》にひそむ意味に気づいたごく少数の幸運な人には、善意《ぜんい》のつまった貴重《きちょう》な宝《たから》の箱となる。たいして意味のないこの言葉が、扉《とびら》を開けてその裏にひそむ意味を理解《りかい》しようとする人には、まるで奇跡《きせき》のようなうれしい贈《おく》りものとなるのだ。

クリスマス本来のやさしい心、人を思いやる心を十分に理解するには、まずほんとうのクリスマスを体験しなくてはならない。じっさいに体験してはじめて、クリスマスは、たんに祝日のひとつであって、長く引きのばしてきた買物でうかれさわぐシーズンというだけのものではなくなる。あなたにとって欠くことのできないものになり、理想になり、自分のことよりも、まず他人の幸せをねがうようになる。ペーパーバッグ、そう、紙袋《かみぶくろ》になるのである。

えっ、紙袋？　そう、正確《せいかく》にいうとそうなるけれど、ひとことつけくわえると、ただの紙袋ではない。くたびれた、しわしわの、きたない紙袋で、それにまつわる過去《かこ》のできごとを知らなければ、すぐにでも昨日《きのう》のゴミといっしょにぽいっと捨《す》ててしまいそうな代物《しろもの》なので、最終目的にしか使えない。なぜぼくらがクリスマスを祝うのかをいつまでも思い出させてくれる、かけがえのないものとして使うだけである。

残念ながら、真の意味のクリスマスといえるようなものに出くわし、それがもたらす永遠《えいえん》の喜びを味わえるのは、ごく少数の幸運な人だけで、紙袋について直接《ちょくせつ》知るのはさらに少数である。

ぼくはその幸運なひとりだ。

一九八〇年の感謝祭《かんしゃさい》の翌日《よくじつ》（訳注《やくちゅう》・アメリカでは感謝祭は十一月の第四木曜日）、あの日はぼくが初めて真の意味のクリスマスを体験することになった最初の日だった。当時九歳《さい》だったぼくは、もちろんそれまでにも何度もクリスマスを祝ったことはある。けれども、あの年のクリスマスは特別で、ほんとうに大切な初めてのクリスマスになった。一年中クリスマスだったらいいのにと思わせてくれ、また人生の不完全な点を忘《わす》れて、いちばんすばらしい宝物に目を向けさせてくれたクリスマスだった。ぼくにとってまさに心を傾《かたむ》ける方向を定め、しっかり根づかせてくれた決定的なしゅんかんだった。

ぼくはモーラー・アランという。これはぼくが実際に体験した話だ。幼《おさな》いころのサンタと同じく、これからお話しすることはほんとうのことである。ぼくのこの話の真意をトナカイやエルフ（訳注・日本語でエルフは妖精《ようせい》と訳されることも。ヨーロッパの民間伝説に登場する森や野に住む種族）、あるいはおもちゃの国のはるかかなたの国々にも伝えてほしい。そして人生の苦悩《くのう》や落胆《らくたん》は入りこめない、また世慣《よな》れた人は見ることはできても触《ふ》れることのできない、しかし心の豊かな人は自由に行き来できる心の奥《おく》深くにとどめていただきたいとねがって、これからその話をしようと思う。

ぼくのクリスマスの話も、多くのクリスマスの話と同じく、サンタのひざの上ではじまった。けれども、ぼくの話に登場するサンタは、ありふれたサンタではない。また、ありふれたひざの持ち主でもない。

第1章

サンタクロースがいるなんて信じられないと思うようになったのは、
六歳《さい》のとき。ママがデパートにつれていって、
サンタクロースに会わせてくれた。
するとサンタさんがわたしに「サインをしてください」といったのだ。

——シャーリー・テンプル（一九二八〜二〇一四）

米国の女優。六歳のときに名子役として銀幕に登場。
のちに外交官、実業家としても活躍。

感謝祭《かんしゃさい》のディナーが終わって十二時間しかたっていなかった。家の中にはまだパンプキンパイや、インゲンマメのキャセロールのにおいがぷんぷんしていた。応接間《おうせつま》のレコードから流れてくるビング・クロスビー（訳注《やくちゅう》・クリスマスソングの王様と称《しょう》されいまも愛される往年《おうねん》のアメリカの歌手・俳優《はいゆう》。「ホワイト・クリスマス」のヒットで知られる）のあまくてやさしい歌声は、リビングのテレビから聞こえてくるフットボールファンの歓声《かんせい》とうまく調和している。ごちそう、ビング・クロスビー、フットボール……。どの祝日よりはなやかなクリスマスシーズンが正式にはじまったのだ。

お兄ちゃんとぼくは、パパとママが台所に入ってきたとき、残りものの七面鳥のサンドイッチを夢中《むちゅう》でほおばっていた。「さあ、行こう」パパがレインコートを着て、カウンターのぼくらのそばへ近づきながら声をはずませた。「ビッグ・マンに会いに行く時間だぞ」

「おじいちゃんのこと？」ぼくは頬《ほほ》にくっついたマヨネーズをふきとりながらいった。

「いや、ちがう。あのビッグ・マンじゃない。大きな赤い服を着たビッグ・マンだ」

「ああ、ちがうのか」ぼくは口のなかでもぐもぐいった。

「そうだ。これからサンタクロースに会いに行くんだ！」パパは場をもり上げようと、ゆっくりと巻《ま》き舌《じた》でいった。気乗りしないぼくらを気にもしていないようだ。

「ぼくらもいっしょに行かなくちゃいけないの？　だってぼくらはもうそんな子ども

じゃないよ」アーロンお兄ちゃんがいった。

アーロンはぼくよりもふたつ年上だ。商店街のサンタクロースがほんものじゃないことくらいとっくに知っている。

「だって、もしほんとうにサンタクロースがいるなら、クリスマスの休みをオレゴンの商店街ですごすはずないよ。ここはいつも雨が降《ふ》ってるんだもん。フロリダかどこか、すてきなところへ行ってるはずだよ。それなのにどうしてぼくらがわざわざ行かなくちゃいけないの？」

「あらっ、わたしはそうは思わないわ」そういいながら、ママが大またで部屋を横切ってきた。「サンタさんはね……そうよ、このレイン（雨）をオレゴンで楽しんでるのよ。感謝祭にはサンタさんはここに来なくちゃいけないの。だってそうでしょう？　レインディア（トナカイ）に乗るためにね。ママのいってること、わかる？」

ぼくらだってそれくらいわかる。でもママを満足させるために、そんなくだらないダジャレで、ぼくらは笑ったりはしなかった。

「そのとおりだよ」パパがかん高い声でいった。「それにクリスマスになにが欲《ほ》しいか、サンタさんにいうのが昔からの習わしだ。それをやぶってみろ。今年は欲しいものがもらえないかもしれないぞ。さあ、コートを着ろ。休日で道路がこむだろうからな。その前につきたいんだ」

道路がこまないうちにと急いで出かけたのに、商店街についたときには、駐車場《ちゅうしゃじょう》も見つからないのではないかと絶望的《ぜつぼうてき》になっていた。中も同じようにひどかった。袋《ふくろ》や箱や大事なものをかかえて、店から店へと行きかう人でごったがえしていた。

サンタさんに会うための行列は、すでに百メートル近くにもなっていた。商店街の中央にある小さな丸太小屋から、くつ下のほかはなにも売っていない店をすぎたあたりまで延《の》びている。小屋の戸口の大きな手描《てが》きの看板《かんばん》には、「サンタの小屋、北極の味覚」とある。サンタクロースは北極圏《ほっきょくけん》に住んでるそうだから、きっとキャンディーケイン（訳注・赤白のしまもようの伝統的《でんとうてき》なお菓子《かし》）のような北極のお菓子があるのだろう。きらびやかな緑の上着に、黒っぽい紫色《むらさきいろ》のタイツをはいたエルフさんたちがサンタさんの小屋のまわりをパレードしながら、小屋に入ってくる人たち、大人も子どももみんなにキャンディーケインをわたしている。

行列のうしろのほうには、もうひとり別のエルフさんがいて、しだいに長くなる行列に子どもたちが近づいてくると、ひとりひとりに赤い紙とエンピツをわたしている。

「これでなにをするんですか?」紙をもらったとき、ぼくはたずねた。

「サンタさんにわたすリストをつくるんだがな」エルフさんは腰《こし》をかがめ、ぼくの目をまっすぐ見て、愛想笑いをしながらいった。

「ええっ、エルフさんは変な話し方をするんですね」ぼくは心に思ったままをあからさまにいってしまった。あのときぼくは九歳だったけど、相手を傷《きず》つけるようなことを心にしまっておくにはどうしたらいいか、まだわかっていなかった。

「そうかいなぁ? じゃあ、ブロンクスへ行って、みんなのしゃべってるのを聞いてみなよ。きみも変な話し方だと思われるだろうよ」

「すみません、エルフさん」ぼくはびくびくしていった。でもエルフさんはぼくのいったことをエルフさん個人にいわれたこととは受けとめなかったので、ぼくはほっとした。

「あのう、どうしてリストを書かなくちゃいけないんですか。ぼくらの順番になったとき、直接《ちょくせつ》サンタさんにいってはいけないんですか?」

「きみらは長いこと列に並《なら》ばんといけんじゃろう。それじゃあ、その時間をうまく使ったほうがよかろう。どうだ? そうすりゃあ、きみの番になったとき、サンタさんになにをいうか考えなくてもよか。その紙にちゃんと書いてあるもんな。それをわたして、さっさと行ってしまえる。わかったかいな?」

ぼくはうなずいた。

「じゃあ、それでよか」そういって立ち上がるとき、エルフさんはぼくの髪《かみ》の毛をくしゃくしゃにして、「おちびちゃん、メリークリスマス」といった。

紙を見ると、表にも裏《うら》にも横線と三列の縦《たて》の線が入っていて、ページのいちばん上に、「クリスマスに欲しいもの……」と書いてあるだけだ。こんなに空白がたくさんあれば、ぼくが生まれてから目にしたおもちゃや、目新しいおもちゃをみんな書けそうだと思った。

「どのくらい待てばよろしいのでしょうか」パパとママが口をそろえて、エルフさんにたずねた。

「そうだな」エルフさんは長い列と腕時計《うで》をちらちらと見てから、「時間はようわからんです。なにしろおいらにはほかにも大事な仕事があるんで」といった。そして紙のたばと、手に持った何本ものエンピツを上にかかげた。「でも、まあ、一時間かもっとかも。十二時きっかりに、サンタさんは二時間休む。それを忘《わす》れんように。そのときまでにサンタさんに会えんときは、運が悪かったたってことだな」

パパとママは、ぼくらだけを列に並ばせ、そのあいだに買物をすることにした。名前はいわなかったけど、とっても大切な人たちに贈《おく》るものだという。ぼくは商店街においていかれても、自分のことくらい自分でできるのに、ぼくの面倒《めんどう》はお兄ちゃんにまかされた。そこでぼくらは、まるで地球の果《は》てまでつづいていそうな列のいちばんうしろに並んだ。そしてサンタさんの衣装《いしょう》を着た変な人にクリスマスプレゼントのリストをわたすために、運を天にまかせて待つことした。

ぼくらはほかになにもすることがなかったので、リストの空白をうめていった。最初はかんたんだった。オレゴンの冬の夜の雨のように、どんどん書いていった。でもしばらくすると、お兄ちゃんもぼくもあんがいむずかしいとわかった。ぼくがいちばん上に書いたのは、エア・ジャマ・ロード・ラマという黄色と黒のおもちゃの自動車。手押《お》しのポンプで空気を入れ、その動力だけで走る自動車だ。土曜の朝のアニメのコマーシャルに何度も登場していたので、あのころいちばん売れていたおもちゃなのはたしかだ。次に書いたのは、ポーゴーという跳《と》びはねて遊ぶバネつきの棒《ぼう》。それから暗やみでも光るヨーヨー、ステッカー、それから輪ゴム銃《じゅう》を書いた。

そのあとはもう少し考えなくちゃいけなかった。サンタさんはたぶんリストのいちばん上からだんだん下へ向かって見ていくだろう。だからぼくは来年中いちばん楽しめそうなプレゼントから順に書きはじめた。でも速度はだんだんおそくなる。犬、新しい野球のグローブ、シーモンキー、それから……。

「アーロン、トランポリンのつづりを教えて」ぼくはお兄ちゃんにいった。

「ばかだな、発音どおりだよ。T-r-a-m-p-o-l-l-e-e-n」そういいながら、お兄ちゃんもトランポリンとリストに書いていたので、それがいいと思ったのだろう。

それから数分もしないうちにもうお手上げ。幼稚《ようち》なぼくの頭はからっぽになった。リストをうめ続けるには、まわりでアイディアを探《さが》さなくちゃいけなくなった。あたりをきょろきょろすると、リングポップキャンディーを持った男の子がいた。やったぁ、これだ！　ぼくはすぐにリストにくわえた。ほかにもかっこいい帽子《ぼうし》をかぶった男の子や、ゴムボールをついている女の子、子どもにわたそうと新しいローラースケートを持って歩いている人もいる。これらもみんなすばやくリストに書きこんだ。

　そのとき目のすみに、ちらっとジャックポットという字が見えた。クリスマス商品を売っている大きな店だ。そう、おもちゃ屋だ！　ショーウィンドーには、数えきれないほどの品物が並んでいる。手足が動くアクションフィギュア、動物のぬいぐるみ、パズル、ゲーム、カード、車、ばね状《じょう》のおもちゃスリンキー、合成ゴムねんどのシリーパティなど、ぼくが欲しいと思ったものがぜんぶ、ひとつ屋根の下で売られている。これらもみんなリストに書いた。すぐにぼくのリストはわくわくするようなおもちゃでいっぱいになった。これだけあれば、どんなにあまやかされて育った子どもでも、いつまでも楽しめそうだ。

　サンタさんの小屋に近づくと、子どもたちはブロンクスに住んでいたというエルフさんがいったとおりにしていた。ひとりずつ小屋に入っていって、サンタさんにリストをわたしている。サンタさんはリストをちらっと見て、「じゃあ、元気でな、ホーホーホー」といって、それでおしまい。

なぜかだれもサンタさんのひざにすわらせてはもらえない。サンタさんのプクプクしたお腹《なか》に触《ふ》れてはいけないなんて、とブツブツいっている親もいる。でもほとんどの人は、「やれやれ、もうごったがえした商店街で並んでいなくてもよくなった。また来年まで」と喜んで帰っていく。

ぼくはサンタさんの小屋の入口に近づくにつれ、不安になってきた。パパとママはまだもどってこない。そろそろ十二時だ。もう数分したら、サンタさんはひと休みする。それまでにぼくらの順番にならないと、少なくとももう二時間は待たなければ、サンタさんにリストをわたせなくなる。

ぼくらがやっとサンタさんの小屋の入口に来たときだ。ぼくらは背の高いブロンドの髪《かみ》のエルフさんのすぐそばに立っているのに気づいた。エルフさんは真《ま》っ赤《か》な口紅《くちべに》に、真っ赤なハイヒール、黒のレザースカートによく似合う黒い網《あみ》タイツをはき、緑のVネックのジャンパーを着ている。

「こういう人たちをどこから見つけてくるのかなぁ？」ぼくは苦笑いしながら、アーロンに聞いた。すると信じられないといった顔をして、その女の人をじっと見つめていたアーロンがいった。

「シーッ！　きっとメロドラマかなんかに出ている有名な女優《じょゆう》さんだよ」

「そんなことないよ。だったらどうして有名人がこんな列の整理をしているの？」

「えっと、それは……」アーロンはちょっと考えてからいった。「たぶん慈善《じぜん》活動だよ」

ぼくはもう一度、その女の人を頭のてっぺんからつま先までようく観察した。「うん、そうかもね」

「あのう、すみません」アーロンが髪の毛をうしろになでつけ、緊張《きんちょう》してたずねた。「うしろのエルフさんはニューヨークにいたそうですけど、あなたはカリフォルニアの方ですか。もしかしてハリウッド？」

ブロンドの髪のエルフさんがふりかえり、最初にお兄ちゃんを、それからぼくを見たとき、ぼくらは急に胸《むね》が高鳴った。ぼくはその女の人と目が合ったとき、にっこり笑った。でもとたんにワクワクドキドキはおしまい。女の人は上《うわ》くちびるをゆがめ、いかにもけいべつしたように目玉をぐるぐるさせ、不快《ふかい》そうな目つきをしてぼくらを見た。それからひとこともいわないで、チューインガムをクチャクチャかみながら、すぐそばの時計の秒針《びょうしん》がカチッカチッと動くのを見た。

背の高いブロンドの髪のその女の人がなにかいおうとしたときだ。ぼくらの前に並んでいた小さな女の子とサンタさんとの短い会話がちょうど終わった。

「さあ、お昼の時間よ！　二時間たったら、またみんなもどってきてね」大声でそういうと、その女の人はくさりを取って、サンタさんの小屋にだれも入れないように、入口のまわりにくさりをはりめぐらしながら、ぼくらのほうを見てにやっと笑った。そして、さっと向きを変え、なにもいわずに気どって歩いていった。

第2章

ぼくらは子どものころ、くつ下にクリスマスプレゼントを
いっぱいつめこんでくれた人に感謝《かんしゃ》した。
くつ下に脚《あし》をつめこんでくれた神に感謝しないのはなぜだろう？

――ギルバート・K・チェスタートン（一八七四〜一九三六）

英国の作家、批評家、エッセイスト。
代表作『影なき怪盗』（名探偵ブラウン）

「こんなの公平じゃないよ。ずっと待ってたのに。こんどぼくらの番というときに帰らなくちゃいけないなんて！」ぼくはあわれっぽい声を出した。

「そうだよ。じょうだんじゃないよ」アーロンは肩《かた》をすくめた。「それにほんとうは、今朝《けさ》ぼくは来たくなかったんだ。だけど、こんなくだらない列でも、並《なら》んでさえいれば、とにかくサンタさんを見ることはできるよ。そうだろう?」

それはそうだ。ぼくらよりうしろは追いはらわれたけど、ぼくらは朝から待ってたおかげで、こんなに近くまで来たので、中をのぞくことはできる。そこでアーロンとぼくは、くさりのかかってるところをさけて、窓《まど》のひとつに顔を押《お》しつけた。すると、ああ、びっくり。ぎょうぎょうしい玉座《ぎょくざ》にかけていたサンタさんがじっとぼくらを見つめていたのだ。

サンタさんはやさしくて、それでいて人を見すかすようなするどい目をしている。顔はいかにもメイキャップだとわかるけど、あごひげはほんもののようだ。おしりをずらすと、大きなお腹《なか》が少し動く。特大の赤いズボンは太い脚のせいで大きくふくらんでいるけど、体の前に真っすぐ突《つ》きだしたピカピカの革製《かわせい》のブーツの中に念入りに押しこまれている。その人がほんもののサンタさんじゃないことを、ぼくは知っていた。でもほんとうにサンタクロースがいるとしたら、こんな感じの人なんだろうなぁと思った。

何分にも思えるほど長いあいだ、ぼくもアーロンも口をぽかんと開けて立っていた。

サンタさんはなにかを待っていたようだ。ぼくらのうしろにいたおおぜいの子どもたちがみんなどこかへ行ってしまうと、ほんの少し目を動かした。

「ぼくらに入ってきてもらいたいのかなぁ?」ぼくは小さな声でいった。

「さあ、どうかなぁ?」アーロンがいった。

するとサンタさんが目を動かすと同時に、頭を勢《いきお》いよくかしげた。それでもまだそれが合図《あいず》なのか、それとも衣装《いしょう》のせいでもじもじしていただけなのか、ぼくらはよくわからなかったのでじっとしていた。すると次ははっきりと言葉でいった。

「そこのきみたち、中に入ってきて、リストを見せてくれるかい?」サンタさんがそういったのだ。アクセントはスコットランドなまりがひどいけど、温かくて感じのいい話し方だ。

「でも、スカートをはいた女の人に、もうおしまいといわれたんです」

「そう、たしかにそういってたね。だけどなんだかんだいっても、あの女性《じょせい》はエルフにすぎん。クリスマス特使の隊長はわたしだ。アラン家の坊《ぼう》やたちのために、少しくらい例外を認《みと》めてもいいだろうよ。きみがアーロンだね」サンタさんはお兄ちゃんのほうを見ていった。それから「きみがモーラーだな」とぼくを見ていった。

「どうしてぼくらの名前を知ってるんですか?」アーロンがいった。

「ええっ、なんだって? わたしはサンタクロースだよ! ホーホーホー!」サンタさんは顔中でにこにこ笑っていった。「さあ、きみたちの番だ。ちょっと中に入ってきて、クリスマスのリストを見せてくれるかい?」

「すみません。あのう、サンタさんがどんな人でも……」アーロンが言葉を選びながらいった。「ぼくらは中に入りたいんですけど、両親はぼくらだけで入ることを望んでいないと思うので。これ以上いわなくても、サンタさんにはわかるでしょう?」

するとそれが合図だったかのように、すぐそばで聞きなれた声がした。うしろをふりむくと、パパとママがサンタ小屋のまわりをかこった柵《さく》のそばに立っていた。

「おい、おまえたち、いいよ。中に入れ!」パパがうれしそうにいった。そしてパパとママがにこにこして手をふった。「おまえたちが終わるまで、ここで待ってるからな」

ふだんパパは商店街がきらいだ。どうしてもというとき以外は来ない。だから、二時間のお昼休みのあいだ待たなくてもよくなったのがうれしかったのだろう。許《ゆる》しが出たので、ぼくらはさっと向きを変えて、入口から中に入った。そしてサンタさんのりっぱな椅子《いす》の前に立った。

「では、モーラー、きみのほうが小さいから、きみからはじめるとしよう。ところで、きみはモーラーと呼《よ》ばれたほうがいいかい？　それともモーのほうがいいかね？」

「どっちでもいいです。でも友だちはモーといってます」

ぼくはこの質問《しつもん》に数えきれないほどたくさん答えてきた。モーラーというのはよくある名前じゃないことを、ぼくは小さいときに知った。たいていの人は両親がどうしてこんな名前を思いついたのか知りたがる。でもサンタの服を着た人はもう知っていた。

「では、モーだな。ところで、わたしの記憶《きおく》が正しければだが、きみのお父さんは歯医者さんだね。きみが生まれたとき、お父さんはちょうど歯型をとっていた」

「そうです！」ぼくは思わず大きな声を出した。

「そこでお父さんは、いちばん好きだったモーラーという歯（臼歯《きゅうし》）にちなんで、きみをモーラーと名づけたのだね」

「そうです！　でもどうしてそんなことがわかるんですか？」ぼくはびっくりしてた

ずねた。

　するとサンタさんの目じりにかすかに笑《え》みがうかんで、それから顔中に広がった。

「さっきもいったように、わたしはサンタクロースだよ！　さて、それでは、きみのそのリストを見せてくれるかい？」

　ぼくがサンタさんにリストをわたそうとしたときだ。サンタさんの大きな脚がちらっと見えた。とたんにぼくはさっと紙を引っこめた。

「あのう、サンタさん」ぼくはゆっくりいった。「パパがぼくをここへつれてきたのは、昔からの習わしだからです。サンタさんのひざに乗るのも習わしです。ぼくはどっちかひとつでもかまいません。でも、どうしてだれもひざに乗せてあげないんですか。ほかのサンタさんはみんなそうしてるのに」

　サンタさんの顔からしだいに笑みが消えていった。ぼくの問いにどう答えたらいいか、サンタさんはじっくり考えていたのか、もしかしたら答えるべきかどうか迷《まよ》っていたのかもしれない。

「そうだな、きみたちはもう大きいから、ほんとうのことを知ってもいいだろうね。

じつは年老いたサンタには脚がないのだ。とにかくほんものの脚はない。わたしだって子どもたちをひざに乗せてあげたいよ。だけどそんなことをしてごらん。子どもたちはぎょっとして、腰《こし》をぬかしてしまうだろうからね」

「脚がないって、どういうことですか。だってそこに見えるのに」アーロンがいった。

「もちろんきみらには見えるだろうがね。これは、そのう、この脚は魔法《まほう》の脚だ。じっさいはないのに見えるのだ。ほんとうかどうか、ためしてみたいかい？　それではふたりとも、さあ、わたしのひざに乗って、自分でたしかめてごらん。わたしもサンタクロースがうそつきだと思われたくないからね」

アーロンもぼくも頭がこんがらがって、わからなくなってしまった。サンタさんのかっこうをしている人が魔法の脚だなんて、どうしてそんな変なことをいうのだろう？　ぼくらはちらっと顔を見合わせて、それから窓の外を見て、ママとパパがまだ見守ってくれているかたしかめた。もう断《ことわ》る理由はなくなったので、いわれたとおりにやってみることにした。大きな玉座の角《かど》におおいかぶさっている太い脚の左右に、アーロンとぼくはそれぞれ同時に飛びのった。するとたんにぼくらのおしりの下からシュッという音を立てて、いきおいよく空気がぬけた。そして、サンタさんの脚は、なんとパンケーキのようにぺちゃんこになった。

「ああああー！」ぼくは金切り声をあげた。アーロンもいっしょに金切り声をあげたはずだけど、ぼくは雷《かみなり》に打たれたように体の中を恐怖《きょうふ》の波が通りぬけているあいだ、自分の声しか聞こえなかった。ぼくがサンタさんのしぼんだひざからさっと下へおりたとき、アーロンはすでにぼくよりも二歩も前にいた。

「ホーホーホー」サンタさんはお腹をかかえて笑いながら、大きな声でいった。ぼくはちょっとのあいだめんくらってしまった。そしてぼくはいまクリスマスのふしぎな夢《ゆめ》の中にいて、最後はアーロンもぼくもしょんぼりしてしまうんじゃないかと思った。

ぼくは気持ちが落ち着くと、涙《なみだ》を流して笑っているサンタさんをもう一度見た。まるで紙のようにうすっぺらになったサンタさんのズボンは、体の前にたれ、ピカピカの黒いブーツの中に押しこめられたままだ。お腹も脚と同じようにかなりへこんでいるようだ。

「きみたちにはすまんが、ああ、ゆかいだったな！　怖《こわ》がらせるつもりはなかったたんだが、こんなおもしろい光景を見たのは生まれて初めてだ」

「脚をどうしたんですか？」ぼくは半狂乱《はんきょうらん》になって聞いた。「だって、さっきちゃんとあったのに！」

「まあ、落ち着いてくれ。だからいっただろう？　わたしは脚がないと。きみたちが見たのは空気袋《くうきぶくろ》だ。それをズボンの中につめこんでいたのだ。ふくらませるには少々手間がかかるがね。子どもたちは脚のある、お腹のふっくらしたサンタさんを見れば、きっと楽しい気分になるだろうからね。それにいちいち説明する時間もはぶける」

もう一度小屋の窓から外を見ると、パパとママも笑っていた。あー、ほんとうにゆかいだった。おそらくぼくはこのことを一生忘《わす》れないだろう。それにこの話を聞けば、だれだって笑うだろうと思った。

「これって、〝ドッキリ〟の番組なんかじゃないですよね」かくしカメラがないか、ドアや天井《てんじょう》を念入りに調べながら、アーロンがおどおどして聞いた。

「いや、ないと思うが、そうだな、カメラをしかけておけばよかったかな。そうすれば、この悪ふざけのおかげで、わたしはいたずらリストに永久《えいきゅう》に名前が残っただろうに。だけどわたしの身の潔白《けっぱく》のためにいっておくが、こんなことをわたしにさせたのは、きみたちのお父さんだよ」

「でも、脚をどうしたんですか」ぼくはまた同じことを聞いた。

「それはだね」サンタさんはもじゃもじゃの白いひげをかるくなでながらいった。「きみたちはおどろきそうにないが、わたしにはないしょにしていることがある。わたしはサンタクロースに見えるかもしれないが、じつはごくふつうのおじいさんだ。わたしはきみたちのご両親の友だちだ。何年も前から知っている。そこで今朝早く、おふたりがわたしのところへやってきて、きみたちがサンタに会いたがらないから、なにか楽しませてくれないかといわれたのだ。ところで、わたしのこの脚だが、若いころにほとんど失って、あとは第二次大戦でなくなった。まだ付け根はあるがね。だがこの話とは関係ない。きみたちが心配することでもない」そういって、サンタさんはウエストラインの下の腰の突《つ》きでたあたりを、片方トントンとかるくたたいた。

それからサンタさんはちょっと間《ま》をおいて、サンタさんのいったことをぼくらがみんな理解《りかい》する時間をつくってくれた。

「さて、それではリストはどうするつもりだ？　モー君、きみはまだわたしに見せる気があるかい？」

ぼくはまだサンタさんの脚をぺちゃんこにしたショックでうろたえていたけれど、なにもいわないで赤い紙をわたした。たとえこの人がほんとうのサンタクロースでなくても、りっぱに書きあげたリストを見てもらえるのがうれしかった。ここまで仕上げるのはかんたんじゃなかったけど、どの欄《らん》にもちゃんと書いた。きっとこの人はぼくの最高傑作《けっさく》をほめてくれるだろうと思ったのだ。サンタさんは紙を受けとると、何度かひっくりかえした。

「ああ、なんとまあ」サンタさんの声には悲しげなひびきがあった。目の輝《かがや》きがなくなってきたのがはっきりわかった。「ああ、なんとまあ、これではぜんぜんだめだ」

最初ぼくはてっきり聞きまちがえたのだと思った。サンタさんに扮《ふん》した、脚のないスコットランドなまりのその人は、ぼくのクリスマスリストをよくないといってるのだろうか？　こんなにもたくさん時間を使って書いたのに？　子どもが欲《ほ》しがるものをみんな書いたのに、どうしてそれがだめなんだろう？

「アーロン、きみのリストもこんなにたくさんあるのかい?」サンタさんの顔はとても悲しそうだ。アーロンは赤い紙をうしろにかくしながらうなずいた。するとサンタさんはせきばらいをしてから、またいった。

「こんなことをいいたくはないんだけどね。クリスマスにこれをぜんぶはもらえないよ」サンタさんはそこでまたちょっと口ごもり、慎重《しんちょう》に言葉を選んでいった。「きみのリストに書いてあるものはすてきだけどね。これをもらうと、ほんとうのクリスマスの喜びを味わえるというものにしるしがついてないね。このほかにクリスマスだからこそ欲しいというものはないのかね?」

そんなことをいわれても、リストにもうみんな書いたのに。すぐには思いうかばない。きっととびきり大きくてすてきなものなんだろう。ぼくはしきりにうなずきながら、プレゼントを受けとるときのことを思うとうれしくて、胸《むね》のドキドキが体中をかけめぐった。

「よかろう。きみはクリスマスに欲しいものをぜんぶ書いたリストを見せてくれた。だからわたしからの贈《おく》りものは、きみたちがクリスマスに一度も欲しがったことのないものということになるが、それでどうかね？」

「いいです。でも、ぼくらは一度も欲しがったことがないんでしょう？　だったらどうしてぼくらがそれを気に入るってわかるんですか」

「いや、きみたちはきっと気に入るよ。だけどね、ひとつ難点《なんてん》がある。贈りものが欲しければ、少し手伝ってもらわなくてはいけない。贈りものの代わりに働くということだ」サンタさんはコートのポケットに手を入れて、小さな紙を引っぱりだすと、さっと走り書きした。「月曜の夜の六時ちょうどに、ご両親にこの住所につれてきてもらいなさい。わたしはそこで待っている。きみたちにはエルフのかっこうをしてもらう。衣装はわたしが持ってくるからね。いいかい？」

「いいです。サンタさんがそういわれるのなら」アーロンがいった。

「では、これで決まりだ。月曜日に会おう。さて、わたしはこれからほんとうのお昼休みだ。脚とお腹をまたふくらませなくてはいけないのでね。きみたち、どちらかがあのクローゼットを開けて、魔法のそりを持ってきてくれるかい？」

　ぼくらはふたりとも大急ぎでクローゼットにかけよって、車椅子を見つけた。それはヒイラギやヤドリギの枝《えだ》、ちょう結びにしたリボンで飾《かざ》りつけがしてあって、赤と緑のクリスマスイルミネーションをともすための小さなバッテリーがついている。魔法のそりだ！　アーロンとふたりでそりを押していくと、サンタさんは両腕《りょううで》で体を支《ささ》えながら玉座からおりて、そりに乗った。そして戸口へ向かいながら、「ホーホーホー、メリークリスマス！」と大きな声でいって、去っていった。

第3章

神は人間の神であり……エルフの神である。

——ジョン・R・R・トールキン（一八九二〜一九七三）

英国の作家、詩人、文献学者。
代表作『ホビットの冒険』、『指輪物語』

月曜の夜になる前から、ぼくはエルフとしてサンタさんのお手伝いがしたくてたまらなくなっていた。学校では友だちみんなにサンタさんとの不思議な出会いや、ぺちゃんこにしぼんだ脚《あし》の話をした。でも、だれもなにひとつ信じてはくれなかった。みんなが疑《うたが》うのもむりはないけど、それをネタにぼくをからかうなんて、ちょっとがっかりだ。思い返せば、ぼくも少しいいすぎたようだ。「これからぼくは国際《こくさい》エルフ・スパイ団《だん》の

一員として、もうすぐ秘密《ひみつ》の任務《にんむ》につくんだ」といったのだから。

約束の時間に、パパはぼくらを車からおろしてくれた。場所はサンタさんにわたされた紙に書かれていたところだ（ついでにいっておくと、パパは紙を見なくても行き先を知っていた）。そこは町の中心部のポートランドの子ども病院だった。商店街のサンタさんの小屋で会った人が約束どおり、ぼくらを待っていてくれた。もう赤い服は着ていなかったけど、そりにはまだ、きらきら光る赤と緑の飾《かざ》りがついていた。

「やあ、こんばんは。すてきな夜だね。きみたちの調子はどうだい？　いまからわたしの手伝いをしてくれるのだね？」帽子《ぼうし》もかぶってなくて、ひげもないと、このあいだのサンタさんとはまるでちがう人のようだけど、目はやっぱりすごくやさしくて、生き生きしていた。

「さあ、それでは」パパがいった。「おまえたちを正式にドクター・リングルに紹介《しょうかい》しよう。リングル先生はサンタクロースとしてこっそり出かけるとき以外は、この病院の小児科のがん専門医《せんもんい》だ。いいな、おまえたち、先生のお手伝いをするときは、おぎょうぎよくするんだぞ。二、三時間したら、むかえにくるからな」

病院はどこもかしこもクリスマスリースや包装紙《ほうそうし》で念入りに飾りつけがしてあった。メインロビーには、じゅずつなぎのポップコーンやキャンディーケイン、舞《ま》いおりる雪片《せっぺん》のようにひらひらゆれる、レースの白いコースターを飾った、大きくて豪華《ごうか》なクリスマスツリーがそびえていた。

リングル先生につれられてロッカールームへ行くと、からのロッカーのそばにエルフの衣装《いしょう》が二着用意してあった。ぼくらのタイツは商店街のエルフさんが着ていた衣装にとてもよく似《に》ているけど、色は太陽のように黄色で、赤と緑の水玉がはりつけてあった。こんな衣装ではクリスマスが台無しだ、とぼくは思った。エルフ専用《せんよう》のブーツも用意してあった。カールしたつま先に、小さなベルがいくつもついていて、歩くたびにチリンチリンと鳴る。もっとひどいのは、手術用《しゅじゅつよう》のマスクをし、手袋《てぶくろ》をはめなくちゃいけないことだった。リングル先生によると、この病院に入院している子どもたちは、すでに免疫力《めんえきりょく》が弱くなっているので、害になる細菌《さいきん》をばらまかないようにするためだという。

だったらまわりの人たちにそうさせるのはもっともだけど、エルフにまでこんなかっこうをさせるなんてちゃんちゃらおかしい。

リングル先生もサンタの衣装に着替《きが》えたけど、ふくらませることのできる脚はない。したくができると、ぼくらは先生につれられて五階へ向かった。エレベータまで行くとちゅう、子どもも大人も、なにをしていても手をとめて、ぼくらが通りすぎるのをじっと見つめていた。ぎょうぎょうしい身なりの三人組のお通りだ。脚のないサンタクロースの乗ったきらきら光る車椅子《いす》のあとから、真っ黄色の服を着た、ふたりのエルフがついていく。

五階は一階よりはずっと静かだったけど、あちらでもこちらでも、いろんなことが起こっていた。小さな子どもたちは部屋《へや》から部屋へとかけていっては、「サンタさんとエルフがやってきたよ。知ってるかい?」とみんなに聞いてまわっていた。看護師《かんごし》やお父さんやお母さんたちは、スペースさえあれば、どこにでもクリスマス飾りをつけていた。どの病室も外側には手編みのすてきなくつ下がぶらさがっていて、内側には飾りがあふれている。どの子どもも、窓《まど》の下わくの真ん中に自分だけの小さなクリスマスツリーを置いていて、両わきには白と赤のポインセチアが並《なら》んでいる。また天井《てんじょう》からもカードやそのほかいろんな飾りがぶらさがっているし、ベッドのわくには、かすかに光る白のライトが取り付けてある。

「あのう、リングル先生」アーロンがマスク越《ご》しにいった。「みんなすごくすてきですね！　でも、クリスマスの飾りつけをするのは、まだちょっと早いんじゃないですか？」

「そうだね、アーロン。だけど五階では時間がとても貴重《きちょう》なのだ。だからこの階の子どもには、できるかぎりクリスマスシーズンを長くするのだ。できればあと十二か月引きのばしたいくらいだ」

「どうしてここでは時間が大切なんですか？」ぼくが聞いた。

「いい質問《しつもん》だね、モー。じつは、きみたちに話しておかなくてはいけないことなんだが、不治《ふじ》の病《やまい》とはどういうことか、きみたちは知ってるかい？」リングル先生はアーロンとぼくを順番に見ていった。アーロンはうなずいたけど、ぼくは首を横にふった。

「いいかね。この五階の子どもの多くは、治療《ちりょう》のむずかしいがん、あるいはほかの病気にかかっている。何人かは、全員ではないけどね、どんなに治療してもよくならないんだ」

「お医者さんにも治せないってことですか？」

「わたしたちはできるかぎりのことはする。だけどどんなに手をつくしても、病気をとりのぞけないときもある。どういうことかわかるね？」

「お医者さんにも治せないのなら、あの子たちはいつ退院《たいいん》するんですか」まだよくわからないぼくは、もっとはっきり理解《りかい》しようとまたたずねた。

リングル先生の奥歯《おくば》にものがはさまったような説明では、世間知らずで単純《たんじゅん》で幼稚《ようち》なぼくにはとうてい理解できないとわかったのだろう。アーロンが助けぶねを出してくれた。ちょっといやそうにしながらも、腰《こし》をかがめて、ぼくの耳もとで小さな声で説明してくれた。それまでぼんやりしていたいくつもの点がぜんぶつながったとき、ぼくはびっくりぎょうてんして、きっと大きく目を見開いていたにちがいない。

もう一度たずねたときには、アーロンとリングル先生にしか聞こえないほどの小さな声で話したつもりだったのに、部屋のみんなには、「ここの子どもたちは、みんな死ぬんですか!?」とずけずけと大声でいったのと同じだった。あとになってわかったことだけど、じっさいはそうとはかぎらない。中には長く健康に生きる子どももいる。でも感じやすいぼくには気のめいる話で、どっちにしても同じようなものだった。

もともと五階はまあまあ静かだったけど、不気味なほど静まりかえった。ぼくの声がとどくところにいたみんなから、するどいまなざしで見つめられて、ぼくの心臓《しんぞう》の鼓動《こどう》はますます大きくなり、部屋の中はますますしんとなった。そして、やがてなにも聞こえなくなった。ぼくは手術用のマスクをしていて、ほんとうによかったと思う。おかげで顔を知られないですんだ。もちろんぼくはすごくつらかった。じっさいいまでも、あんなことを大声でいったあの日のことをくやんで、ときどき胸《むね》が痛《いた》む。でもぼくを見つめていた幼《おさな》い子どもの多くがさけられない運命にあることを知ったあのしゅんかん、幼稚なぼくは感情《かんじょう》をおさえられなかったのだ。

しんとなったあのしゅんかん、まるでこの世の動きが止まったかのようだった。そして、ぼくの目の前にいた子どもたちひとりひとりの顔が、永久《えいきゅう》にぼくの心にきざまれ、忘《わす》れられなくなった。変なかっこうをしている以外、ぼくはこの子どもたちとぜんぜん変わらない。答えられない答えを求めて、ぼくの心には、まるで洪水《こうずい》のようにどっと疑《ぎ》問《もん》が押《お》しよせてきた。どうしてこの子どもたちは、こんなに小さいときに死ななくちゃいけないの？　どのくらい生きられるの？　死ぬのはどうしてこの子どもたちで、ぼくじゃないの？　ぼくも病気になって、小さいうちに死ぬの？

リングル先生がとうとう静けさをやぶった。

「さて、わたしたちはきみたちの注目のまとになっているようだから、臨時《りんじ》のお手伝いをしてくれるエルフを紹介しよう。アーロンとモーラーだ。ふたりは北極の南と東と西でいちばんりっぱなエルフだ」

親たちのなかにはクスクス笑う人もいれば、にやにやする人もいたけど、それでおしまい。みんなはまた、それまでやっていたことをはじめた。子どもたちの多くは、大きな集会室へ向かうぼくたちをまたじっと見つめていた。集会室にはテーブルや椅子がいっぱい並んでいて、どのテーブルも色あざやかなテーブルクロスや、美しいクリスマス用のテーブルセンターで飾ってあり、部屋の正面《しょうめん》には、リングル先生がサンタ小屋で使っていたのと同じ、ビロードのような感じのいい玉座《ぎょくざ》がある。

リングル先生は、ぼくらにサンタの正式な使者としての任務について、基本的なことをいくつか指示した。それからひどいスコットランドなまりで、「ホーホーホー、みなさん、クリスマスおめでとう」と心をこめて大きな声でさけび、夜の祭典の開会をつげた。

ぼくらが来てから、ずっと近くにいた子どもたちが、サンタさんと話をするために列の先頭に並んだ。赤い服を着た人はリングル先生だということは秘密ではない。でもどの子もリングル先生がほんもののサンタクロースであるかのように接《せっ》している。

ぼくは子どもたちがサンタさんと話をするために、サンタさんのりっぱな赤い椅子の足もとに進んでいく前に、ひとりひとりに、例のあの赤い紙、いちばん上に「クリスマスに欲《ほ》しいものみんな……」と書いてある、あの紙をわたすようにといわれた。それからアーロンは、サンタさんと話を終えた子どもたちに、キャンディーケインをあげるようにといわれた。

列の先頭は、とてもやせていて、顔色の悪い女の子だ。たぶん六歳《さい》か七歳くらいだけど、体が弱々しいので、もっと小さく見える。バービーのパジャマを着て、綿毛のようにふわふわのウサちゃんスリッパをはき、頭には、すっぽり布《ぬの》をかぶっている。ぬけおちた髪《かみ》の毛と、いくつもの大きな包帯をかくすためだ。足をすべらせるようにして、その女の子はぼくのそばへやってきた。

「やあ、こんにちは」女の子は大人びた口調《くちょう》でいった。「あたし、レイチェルよ」

「あのう……やぁ、レイチェル」ぼくはぎこちないあいさつをした。「はい、紙」ぼくは紙の束からいちばん上の紙を引っぱって、それを女の子に突《つ》きだした。

「それだけ?」女の子はいった。「はい、紙、それだけ? きみの名前をいってくれないの? だったらクリスマスおめでとうくらいいったっていいじゃない? そうしたらすてきなのに」

「でも」ぼくはしどろもどろになっていった。「あのう、サンタさんがみんなにいったよ。ぼくの名前はモーだって。聞こえなかったの?」

「もちろん聞こえたわよ。ばかね。あたし、耳は悪くないのよ。でもだれかが自己《じこ》紹介したら、自分もするものよ。それが礼儀《れいぎ》だって、お母さんはいうわ」

「そうだね、ごめん。クリスマスおめでとう、レイチェル。ぼくはモーだよ。はじめまして」

「そのほうがいいわ。ありがとう、モーラー」レイチェルは待ちわびていたのだろう。

にこにこして、「じゃあ、紙をもらう」といった。

リングル先生は、レイチェルが足をすべらせながらそばにやってくるのをしんぼう強く待っていた。そして、もじゃもじゃの白いあごひげ越《ご》しに、これまで見たことがないほど感じのいい温かい目で、レイチェルを見おろした。ここ、病院では、先生はわざわざお腹《なか》と脚をふくらませなくても、子どもたちは気にもしていないようだ。子どもたちの目には、赤い服を着たこの人は、自分たちがいちばん必要としているときに、幸せと喜びを運んできてくれる魔法《まほう》使いなのだ。

「やあ、レイチェルおじょうちゃん」リングル先生は陽気にいった。「今夜は気分はどうかね?」

「いいです。リングル先生は? あっ、サンタさんってことよ」

「元気だよ、ありがとう。モーから赤い紙をもらったよね。それはクリスマスに欲しいものを書く紙だ。なにが欲しいか、もう決まってるかい?」

「はい、決まってます!」レイチェルは声をはずませていった。

「ああ、そう、それはよかった。今年、サンタさんからもらいたいものはたくさんあるかい？」

「はい、サンタさん、いっぱい欲しいです」そのときのことを思いうかべたのだろう。レイチェルの小さな体はうれしそうにふるえた。

リングル先生はちょっと口ごもって、また話を続けた。先生の声は前よりももっとやさしい。「レイチェル」リングル先生は前かがみになっていった。「レイチェルの欲しいものをみんな持ってきて並べたら、さぞかしいいながめになるだろうね。だけど今年はひとつだけ書いてくれるかい？　欲しいものならなんでもいいよ。だけどほんのちょっとのあいだ楽しいものよりは、ほんとうにきみを幸せにしてくれるものを考えて欲しいんだ。サンタのためにそうしてくれるかい？」

「はい、サンタさん。あたし、そうします」

「そうか。では、決まったら、きみの名前を書いて、その紙をもどしておくれ。今夜でなくてもいいよ。クリスマスまで、ふたりのエルフは、月、水、金の夜はいつもここに来ているからね」リングル先生はぼくをちらっと見て、ウィンクした。

そんな！　一回きりだと思ってたのに。ぼくはマスクの下で口をぽかんと開けていた。

でも先生の言葉を否定《ひてい》するようなことはなにもいえなかった。いいたいのはやまやまだったけど、おおぜいの子どもたちの前で、サンタさんに問いただすのはよくないことだとわかっていたので、しかたなくだまっていた。

「だから月、水、金ならどの日でも、エルフにわたせるからね。そうすればエルフがきみのリストを北極のぼくのところまで、かならず届《とど》けてくれるから。では、先に進んでキャンディーケインをもらうんだよ。メリークリスマス！」

それからぼくは一時間くらい、列の先頭に来た子どもに赤い紙をわたしていた。そして、サンタさんがみんなに「ほかのなによりもクリスマスに欲しいものはなにか、それをよく考えて書くんだよ」と説明するのを聞いていた。子どもたちは胸をわくわくさせてサンタさんの助言を聞き終わると、欲しくてたまらないものをひとつ書こうと、先を争《あらそ》って家族のもとへかけていった。

子どもたちの多くはとても健康そうに見える。でも五階に入院しているのだから、きっと体のどこかがひどく悪いのだろう。なかには包帯をしたり、傷《きず》あとやあざがあったり、足を引きずったりしていて、はっきり病気だとわかる子どももいる。自分の足では歩けなくて、親や看護師に車椅子を押してもらっている子どももいる。ぼくから赤い紙を受けとるとき、どの子もにっこり笑った。

二時間もたたないうちに、子どもたちは欲しいものをひとつ書いた赤い紙をサンタさんにわたすためにもどってきはじめた。

「クリスマスにとくに欲しいものをひとつ決めたかい?」とサンタさんが聞いている。するとと子どもたちはうなずいたり、「はい」といったりして、サンタさんにもたれかかるようにして、小さな声でいちばん欲しいものをいってから、赤い紙をわたしている。ぼくは大きな部屋のざわめきとサンタさんの耳もとでささやく小さな声にはさまれて、子どもたちがなにを欲しがっているのかほとんど聞きとれなかった。でもひとりの女の子は、みんなに聞こえるくらい大きな声で、「家族みんなでディズニーランドへ行きたいです」といった。点滴装置《てんてきそうち》を引っぱりながら歩いているティムという男の子も、大声といってもいいほどの声で、「ぼくはエア・ジャマ・ロード・ラマ」といった。

「ぼくもだよ」とさけんだら、ティムがふりかえってぼくを見たので、「選ぶのがじょうずだね」というつもりで、ぼくは白いゴムの手袋をはめた親指を立てて光らせた。

とたんにサンタさんが顔をしかめて、ぼくに念を押した。「忘れたのかい？　りっぱなエルフは、クリスマスに一度も欲しいと思ったことのないものをもらいたければ、それを人にいってはいけないんだよ」と。

「それはどういう意味ですか」ティムが不思議そうな顔をして聞いた。「サンタさん、どうしてサンタさんは、あの子にはクリスマスに一度も欲しいと思ったことのないものをあげるんですか？」

サンタさんはもう一度顔をしかめ、クスクスと笑って、ぼくをまたちらっと見た。

「それはだね」サンタさんはゆっくりいった。「このふたりのエルフは、とにかく思いつくかぎりのものをただ欲しがってるだけなんだ。でもそれはりっぱなエルフにはふさわしくない。だからすばらしい協力者になってくれたら、今年はもっといいものをあげることにしたのだ。ふたりが欲しがってるものよりもいいものをね。だけどふたりは自分では思いつけなかったので、これまでふたりが一度も欲しがったことのないものを、『クリスマスだからこそ欲しいもの』と見なすことにしたのだ。わたしのいってることがわかるかい？」

「うん、わかるようなわからないような」ティムはいった。「あのう、エルフさんは、エア・ジャマ・ロード・ラマはもらえないってことでしょう？」

「そうだね」サンタさんは笑った。「どうなるだろうね。そのうちにわかるよ。だけどなにもかも計画どおりにいけば、もっとずっとすばらしいものをもらえるだろうよ」

「へえー」ティモシーは頭をかいた。「だったらぼく、リストを書きかえたいなぁ。ぼくもなんでもいいから、このエルフさんがもらうものをもらいたいです！」ティモシーはそういって、ぼくを指さした。

「ホーホーホーホー！　それはいい考えだね！　約束はできないけど、できるかぎりのことはするよ。それでいいね？　ティム」

リングル先生の目はまたきらきら輝《かがや》いた。「つまり、わたしは」先生は子どもたちの列を見上げていった。「病院の子どもたちが、今年はみんなこれまでクリスマスに一度も欲しがったことのないものをもらえるといいなぁと思っているんだ」

第4章

クリスマスはその真の精神《せいしん》に気づくまでは存在《そんざい》しない。
ほかはすべて見せかけの飾《かざ》り、金ぴかの安物の飾りにすぎない。

——作者不詳

サンタさんに会うための列は八時半にはかなり短くなり、九時にはだれもいなくなった。みんなが終わると、リングル先生はアーロンとぼくをわきへつれていった。

「今夜はふたりともほんとうによくやってくれたね。ここではほかに楽しいことがなにもないからだとしても、きみたちが来てくれて、みんなとても喜んでいたよ」リングル先生は車椅子《いす》をくるっと回して発進させながらいった。

「だけどもうひとつ、きみたちにやってもらいたいことがあるんだがね。今夜、わたしに会いにこなかった子どもがふたりいる。ふたりとも病室だ。その子たちに赤い紙とキャンディーケインをわたしてくれるかい？　そうすれば、ふたりとも忘《わす》れられてはいなかったとわかってくれるからね。アーロン、きみをひとりのところへつれていく。それからモーはもうひとりの病室へ行ってもらうから、いっしょに来てくれるかい？　それから一度ここへもどってきて、またリストをとりにいってもらいたい。きみたちのできるやりかたでいいから、手を貸《か》してほしい。いいかい？」

アーロンもぼくもうなずいた。

リングル先生とアーロンはいちばん近くのドアへ行って、数回ノックした。それからドアが閉《し》まって、ふたりの姿《すがた》は消えた。ぼくが立っているところからは、声は聞こえるけど、なにを話しているのかはわからない。

数分すると、リングル先生がアーロンを残して病室から出てきた。アーロンとその子が知り合うためだ。リングル先生はまた車椅子を動かして、廊下《ろうか》のいちばんはじの、ドアの閉《し》まっている病室へぼくをつれていった。ほかのドアとくらべると、そのドアはとても地味だ。ぼくがおやっと思ったのは名札だ。「カトリーナ・バーロウ　九歳《さい》」とあり、その下に、「E・D―12／79」とクレヨンで走り書きした紙がとめてある。

リングル先生はドアを数回かるくノックし、せきばらいをしてからいった。

「カトリーナ、ホーホーホー。サンタクロースだよ。入ってもいいかい？　エルフをつれてきたんだ」

「だめ、リングル先生！　入っちゃやだめ」ドア越《ご》しに女の子の声がひびいた。

「いまだれにも会いたくない」

「だけどね、カト、わたしとエルフだけだよ。それにほんのちょっとでいいんだ」返事はない。少しのあいだまったく物音もしない。それからなにかをそっとくしゃくしゃにして、そのあとまたなにかを身に着けているような音がして、キュッキュッと鳴った。

リングル先生はぼくを見てほほえんだ。

「カトはしたくをしてるんだ」リングル先生が小さな声でいった。「わたしたちを中に入れてくれるようだよ」

「先生、あたし、聞こえてるんだから！　どうしてあたしが先生たちを中に入れるのよ?」

「さぁね。でも、エルフに会わないと、きっとあとで悲しむことになるよ。サンタのつれてきたエルフはすごいんだから」リングル先生はまだにこやかに笑っている。それからまたほんのしばらく部屋の中はしんとしていた。

「いいわ」とうとう返事が返ってきた。「入っていいわ。でも、ちょっとだけよ」

リングル先生は取っ手を回して、重いドアをゆっくり開け、きんきらきんの車椅子を進めて中に入っていった。ぼくはなにがなんだかよくわからなかったけど、先生のすぐあとに続いた。病室の明かりは、ベッドのそばの角《かど》に置いてある電気スタンドのかすかな明かりだけだ。

小さな病室はうす暗くて陰気《いんき》だ。目をこらして見ても、クリスマス飾りはどこにもない。壁《かべ》にリースもなければ、ベッドのわくのまわりに、花や葉、木の実などをつなげて綱状《つなじょう》にしたガーランドもない。天井《てんじょう》からリボンもモミノキもぶらさがっていないし、窓《まど》の下わくにクリスマスツリーも置かれていない。

殺風景《さっぷうけい》なまわりとは対照的に、カトリーナの姿は一目見ればぜったいに忘れられないだろう。手と脚《あし》と胴体《どうたい》には、まるでミイラのようにトイレットペーパーがぐるぐる巻《ま》きつけられているので、白い紙の下からしまもようの真っ赤なパジャマがちらちら見える。トイレットペーパーが巻きつけられていないのは頭だけで、頭にはあごまですっぽり白い紙袋《かみぶくろ》がかぶせてあるので、顔はぜんぜん見えない。紙袋は口とふたつの目のまわりだけが丸く切ってあり、その穴《あな》からカトリーナはぼくのほうに視線《しせん》を向け、ぼくの派手《はで》な衣装《いしょう》を上から下までじろじろ見ている。

「こんばんは、カトリーナ。今夜はごきげんななめのようだが、気分はどうだい?」リングル先生はカトリーナのそばに車椅子をよせながらやさしくいった。車椅子が止まると、ゴムの車輪がキーキーきしんだ。

リングル先生のいったことが聞こえたはずなのに、カトリーナはなんの反応《はんのう》もしないで、ぼくをじっと見つめたままだった。それからちょっとのあいだいらいらして、何度か体を動かしてから口を開いた。でもリングル先生の質問《しつもん》に対する返事ではなかった。

「ねえ、あんたはその服を着る代わりに、いくらもらったの?」カトリーナはぼくに聞いた。いきなりそんなことをいうなんて、じょうだんか本気かわからなかったけど、本気でなければいいのに、とぼくは思った。

「ううん……ぜんぜん」ぼくはぎこちない返事をした。「あのう、きみはどうなの？　どうしてトイレットペーパーを体にぐるぐる巻きつけてるの？　クリスマスだよ。ハロウィンじゃないんだよ」

「まあ、わからないの？　あたしはちょっと……」カトリーナは声をつまらせた。「キャンディーケインに変装《へんそう》したかったの」カトリーナの声はちょっとがっかりしたといった程度《ていど》ではない。頭をおおっていた紙袋が前にずり落ちそうになったほどだ。「そうね、こんなことをするなんてばかげてる。でも、着飾ってないのはあたしひとりだなんて、それがいやなだけよ」

「でも……」ぼくは思ったままをあけすけにいってしまった。取り消す方法はないかと心の中で急いで考えながら、ぼくはゆっくりいった。

「そうだね、キャンディーケインのように見えるよ。さっきぼくがいったことはじょうだんだよ」ぼくはうそをついた。「ほら、ここにキャンディーがあるよ。きみはこれにそっくりだ！」そういって、ぼくはさっと前に出て、カトリーナに見えるように、赤と白の長いキャンディーケインを突《つ》きだした。「これ、きみに持ってきたんだ」

ところが、そのとき、その夜ずっとぼくを苦しめていたブーツがやっと足にぴたっと合い、そのはずみでぼくはよろめいた。そして床《ゆか》にたおれ、キャンディーケインが、なんとリングル先生とカトリーナのほうに舞《ま》いあがってしまった。リングル先生が必死になって手を伸《の》ばしたけど、車椅子では思うように動けず、うまく受けとめられなかった。キャンディーケインはかたいタイルの床に落ちて、こなごなにくだけてしまった。

そのときだ。ぼくの頭上でひらひらしている白い紙袋の下のどこかからすすり泣く声が聞こえてきた。涙《なみだ》のわけは、キャンディーケインがくだけたせいか、ぼくがカトリーナの衣装をひやかしたからかはわからなかったけど、ひとつだけはっきりしていた。その夜、ぼくのせいでふたつのキャンディーケインがだめになった。一本は冷たい床の上でこなごなになり、もう一本はふわふわしたトイレットペーパーを体にぐるぐる巻きにして、しくしく泣いている。

「モーラー」リングル先生がとうとうしびれをきらせ、ため息をついた。「きみとアーロンはそろそろ着替《きが》えをする時間だ。お父さんがもうすぐむかえにこられるから。カトリーナにはわたしがクリスマスリストをわたす。では、四、五分したら一階で会おう」

「はい、サンタさん」ぼくは小さな声でいって、ゆっくりと廊下を引きかえした。

それからアーロンとエレベータで一階へおりていき、ひとこともいわないで着替えをした。そのときまた、ぼくの頭にはいっぱい疑問《ぎもん》がわいてきた。紙袋をとったら、カトリーナはどんな顔をしているのだろう？　カトリーナはどうしてほかの子といっしょにサンタさんのところへ行かなかったのだろう？　あの病室には、どうしてクリスマス飾りがないのだろう？　いろんな疑問がわくと同時に、カトリーナの部屋で起こったことを思うと残念で、みぞおちがキューンと痛《いた》み、胸《むね》が張《は》りさけそうになった。

リングル先生がロッカー室に入ってきたとき、ぼくはそんなことを考えていた。先生はもうひげをとり、サンタの服はぬいでいたけど、赤い帽子《ぼうし》はまだかぶったままだった。

「キャンディーケインのことはすみません」ぼくはすぐにいった。

「いいんだよ。エルフにだって、ときには思いもよらないことが起こるものだ」

「ハロウィンのことも、あんなことをいってすみませんでした」

「いいんだよ」リングル先生はそういったきりで、ぼくをとがめるような目つきはしなかった。

「リングル先生、カトリーナはどうして入院しているんですか。もうどのくらいここにいるのですか?」

「次に会ったとき、きみから直接《ちょくせつ》聞いたほうがいいよ。また来週の水曜日に、きみがリストを集めにくるからといっておいたからね」

「ぼくはまたカトリーナに会いにいかなくちゃいけないってことですか」あの子を泣かせてしまったんだもの。もう二度とあの子には会いたくなかった。

リングル先生はちょっと笑って、「だいじょうぶだ、モー。心配することはないよ」

といった。

第5章

クリスマスはある時期のことでも、ある季節のことでもなくて、
心のあり方のことである。
平和と善意《ぜんい》を大切にすること、いつくしみの心を豊かにすること、
それが真のクリスマスの精神《せいしん》である。

――カルヴィン・クーリッジ（一八七二～一九三三）
米国の政治家、第三十代大統領。

水曜の夜、ぼくはママに病院へつれていってもらうとちゅう、食料品店で車をとめてもらい、とびきり大きなキャンディーケインを買った。代金はおこづかいで払《はら》った。でも初めてあの病院へ行った夜、いろいろへまをしたのを心から悪かったと思ってること

を、カトリーナにわかってもらえるなら、おこづかいをぜんぶはたいても、ちっともおしくなんかなかった。

病院へついたとき、リングル先生はぼくらを待ってはいなかったので、アーロンとぼくだけでロッカー室へ行った。するとぼくらのロッカーにこんな手書きの手紙がテープでとめてあった。

「アーロンとモーへ

月曜日には手伝ってくれてありがとう。もう一度お礼をいうよ。事務長《じむちょう》に話しておいたから、もしそうしたいなら、今後は手術用《しゅじゅつよう》のマスクと手袋《てぶくろ》をしないで二階へあがっていいよ。だけどその場合は、各病室に入る前に、かならずていねいに手を洗うこと、いいね。またエルフの衣装《いしょう》は着たければ着てもいいけど、強制《きょうせい》ではないからね。

わたしは数週間、北の子どもセンターで大切な仕事があるので、こちらへは来られない。きみたちふたりで、まだもどってきていないクリスマスリストを回収《かいしゅう》して、わたしが帰ってくるまでとっておいてくれたまえ。それからきみたちもクリスマスイブに毎年行われるクリスマス・ページェントに参加していいよ。今週の金曜の夜の七時に、劇《げき》の役が発表されるから遅《おく》れないように。

それでは最後に、カトリーナとマドゥーのことだが、あのふたりとゆっくり時間をかけて知り合いになってくれるかい？　これがわたしのいないあいだのきみたちのいちばん大切な仕事だ。


では、たのむよ。

ドクター・クリストファー・K・リングル」


ぼくたちは五階へあがって、ナースステーションで名前を書くと、病室を一室ずつまわって赤い紙を集めることにした。アーロンが最初のドアをノックした。

「どうぞ」という声がしたので、ドアを開けると、小さな男の子がベッドにすわってテレビを見ていた。ぼくはすぐにティモシーだとわかった。エア・ジャマ・ロード・ラマが欲《ほ》しいといった、あの子だ。

「こんばんは、ティム。ぼくらはこのあいだサンタさんといっしょにここへ来たエルフだよ」ぼくがいった。

「こんばんは。きみたちエルフの服を着てないから、あのときのエルフさんだってわかんなかった」

「やあ、こんばんは」アーロンがいった。「あんなタイツをはいたら、女の子みたいでてれくさいから、あれは下へ置いてきたんだ。それはそうと、ぼくらはまだサンタさんにわたしてないクリスマスリストを集めてまわってるんだけど、きみはリストを持ってる?」

「ううん、持ってない。リングル先生にわたしたよ。先生が北極へ行く前にちゃんとわたしたかったから」

アーロンとぼくは顔を見合わせた。

「それはどういうこと? どうして先生は北極へ行くの?」ぼくが聞いた。

「きみたちはリングル先生のお手伝いをしてるのに、そんなことも知らないの? 先生の家はあそこにあるんだ。北極だよ。そうじゃないなら、サンタさんはどこに住んでるっていうのさ?」ティムは大まじめな顔をして腕組《うでぐ》みをした。

アーロンとぼくはまた顔を見合わせた。

「でも、先生はお医者さんだよ。きみだって、リングル先生っていってるじゃないか」

ぼくがいった。「先生はふつうの人だよ」

「そうだよ。リングル先生はふつうの人だと思われたがってる。でも看護師《かんごし》さんたちはいってるよ。先生は毎年クリスマス前に、数週間とつぜんいなくなるって。ぼく、聞いたんだ。先生は北極へ行くんだって。それから名前はどう? あんな名前なんだもん。サンタじゃないなんていえないよ」

「名前がどうだっていうの? ドクター・リングル。ふつうの名前だよ。ドクター・クリストファー・K・リングルだよ」

リングル先生のフルネームをいったとき、ぼくはティムのいう意味がわかった。リングルというのは、サンタさんの有名なもうひとつの名前、「クリス・クリングル」にすごくよく似《に》ている。それにリングル先生の手紙に、「これからわたしは北の子どもセンターに行く」って書いてあった。そうか、これでよくわかった。リングル先生は毎年旅に出るという看護師さんたちの話も。

子どもセンターというのは、もしかしたらサンタさんやエルフが子どものためにおもちゃをつくっているあの工場のこととも考えらえる。ああ、だけど、いや、ちがう。ぜったいにそんなことはない！

「でも……」アーロンがいった。「サンタクロースなんて、ほんとうはいないんだから、そんな話をしたってしょうがないよ」

「そうだよね」自信はないけど、ぼくもお兄ちゃんのいうとおりだと思った。お兄ちゃんはりこうだ。それにしても、リングル先生とサンタクロースはまぎらわしいほどよく似てる。じっさいサンタクロースがいるはずはないけど、ぼくは胸《むね》がわくわくした。「じゃあ、ティム。おじゃましたけど、ぼくたちはほかの部屋《へや》へも行かなくちゃいけないから」

「じゃまだなんて、そんなことぜんぜんないよ。またいつでも来てね！」ぼくたちがうしろのドアを閉《し》めたとき、ティムが大きな声でいった。「サンタさんによろしくいってね！」

それから三、四十分、ぼくらは五階の病室をまわった。おどろくことではないけど、どの子も月曜の夜のパーティのあいだに、もうリングル先生にリストをわたしていた。ぼくらはエルフの衣装を着けていたわけでもないのに、それでもぼくらが行くと、みんな心から喜んで話をしてくれた。

あんがい短い時間で、ほとんどの子どもたちとの話は終わり、あと残っているのはカトリーナとマドゥーの病室だけになった。ぼくはまたカトリーナと顔を合わせるのだと思うと、みぞおちがキューンと痛《いた》くなった。

「じゃ、最初にこの前、お兄ちゃんが行った子どものほうへ行こうよ。名前はなんていうの?」

「マドゥーだよ。でもマッドフーのように聞こえる。フルネームはもっと長くて、覚えきれなかったよ(ほんとうはマドゥーカー・アンブリだった)」

アーロンはこの前来たときマドゥーに会っている。ひょうきんっていうほどではないけど、とてもおもしろい子だそうだ。マドゥーの病室のドアは少し開いていて、中から音楽がもれていた。一度も聞いたことのないような曲だ。歌詞《かし》は外国語のようだ。東洋風《ふう》のヨーデルのように声がふるえ、リズムは単調だ。

ぼくらは数回強くドアをたたいた。でも音楽が大きすぎて聞こえないのだろう。アーロンがドアのすきまから大声でいった。

「こんばんは？　マドゥー？　部屋にいるの？」

音楽が静かになった。

「ああいるよ。ほとんどかならずといっていいくらいぼくはちゃんとここにいる。いつだってそうだよ」

早口でウニャウニャとなにかいってるのはわかる。

「なんていったの？」ぼくが小さな声で聞いたら、アーロンも首を横にふって、小さな声で答えた。「ぼくだってわかんないよ。マドゥーはほんとうに早口なんだもん。慣《な》れないとむりだよ」アーロンはもう一度ドアのすきまから声をかけた。「入ってもいい？」

「いいよ」すぐに返事が返ってきた。マドゥーは早口で切れ目なくしゃべるので、ぼくの頭ではとうていわからない。「もちろんいいよ。ぼくの部屋のドアはだれでものぞけるようにいつも開いてるけど、きみはだれなのか、それがわかんないんだ」

とにかくマドゥーは「入ってもいい」といってるらしい。そこでぼくらはドアを開けて、中に入った。マドゥーはベッドの横の小さな机《つくえ》に向かっていた。体はやせて、ひょろひょろしている。肌《はだ》は暗いオリーブ色で、髪《かみ》の毛は真っ黒だ。マドゥーの濃《こ》い茶色の目を見て、ぼくはリングル先生のことを思い出した。にこっと笑ったとき、ふたつの目がキラッと光った。

かんたんで、あまりよくわからない紹介《しょうかい》が終わると、そのあとはたっぷり三十分、ぼくらはマドゥーの話を聞いた。びっくりするほどのお国なまりで、マドゥーは幸せから不幸のどん底に落ちた話をとうとうとしゃべり続けた。しばらくすると、ぼくらの耳はマドゥーのなまりにもスピードにも慣れてきて、なんの話をしているかくらいはわかってきた。

マドゥーは生まれたのはインドのデリーだけど、八歳《さい》のときに家族といっしょにアメリカへ移《うつ》り住んだという。マドゥーはまるでエネルギーのかたまりみたいだ。いつもにこにこしていて、なんについても気のきいたことを知っている。ぼくはすぐにマドゥーが好きになった。人なつこい性格《せいかく》にグイグイひきつけられる。なによりもおどろくのは、人一倍楽天的なことだ。いまの病状《びょうじょう》についてもとても前向きだ。マドゥーは肝臓《かんぞう》がんの検査《けんさ》で陽性《ようせい》になったので、一か月前にこの病院へ入院した。がんは肝臓のほかには転移《てんい》していないので、肝臓提供者《ていきょうしゃ》が見つかれば移植できる。でも問題は時間だ。マドゥーの肝臓の機能《きのう》は日に日におとろえ、深刻《しんこく》な兆候《ちょうこう》があらわれはじめている。あと数か月のあいだに移植しなければ、よくなる可能性《かのうせい》はものすごく小さくなる。

お兄ちゃんとぼくがいま病院へ来ているのはクリスマスシーズンだからなので、結局マドゥーとのおしゃべりはクリスマスの話になった。マドゥーは一度もクリスマスを祝ったことはないけど、ぼくらにとっては新しい友だちからしっかりした意見を聞きだせる話題だ。

「じっさいはね、クリスマスを祝う世界の人たちのほとんどが、なにを祝っているのかわかってないんだって」マドゥーはこともなげにいった。「ぼくはいろんな本を読んだけど、こんなふうに書いてあったよ。クリスマスというのは、ほんとうはイエス・キリストの誕生《たんじょう》を祝う日なんだって。それなのにじっさいはサンタクロースがいちばん祝福されてるみたいだ。変だと思わない？　ぼくは変だと思うけど、ぼくはクリスチャンじゃないから、ぼくの見方がゆがんでるのかもしれないんだ。正しい考え方を教えてくれる?」

アーロンが答えようとしたけど、理路整然と話すマドゥーを相手に議論《ぎろん》するのはむずかしい。

「あのう」アーロンはいった。「サンタクロースは……聖人《せいじん》なんだよ」

ぼくはアーロンの顔を見て思った。いまアーロンお兄ちゃんの頭の中では車輪がクルクル回っていて、次に向かおうとする方向へほんの少し車輪を向けるのも大変なんだ。

「そう、聖人だよ」アーロンは続けた。「サンタクロースは聖《セント》ニコラスのことだよ。そうだろう? だれでも知ってるよ。聖人っていうのは、よい行いをするキリスト教徒のことだよ。あのう……あのう、聖ニコラスが行うよいことというのは、子どもたちにプレゼントを持ってきてあげること。それだけのことだよ。わかった?」そういいながらもアーロンはいま自分のいったことがほんとうかどうか疑問《ぎもん》をもったようだ。

するとマドゥーが寒いクリスマスの夜のトナカイよりも早いスピードで、さっと切り返してきた。

「だったらきみのいうクリスマスは、キリスト教の子どもにサンタさんがプレゼントを持ってくるってことだけだよね。そうなの？　それならすごくおもしろいや」

マドゥーがこんな皮肉っぽいいい方をしたのは、アーロンの説明にきっと納得《なっとく》していないからだろう。

「そうだよ」アーロンは小さな声でいった。「いや、そうじゃなくて、あのう、それは……そのう、ぼくがいってるのは……ぼくにもよくわかんないよ」

マドゥーはしつこく質問《しつもん》して、クリスマスをつまらないものにしたいわけではない。ぼくらの信仰《しんこう》と張《は》り合いたいわけでもない。それよりもほんとうに知りたいのだ。ぼくらにとってクリスマスがどうしてそんなに大切なのか。クリスマスを祝う理由はイエス・キリストの誕生日だからだとはっきりいわれている。だったらサンタさんのあんなかっこうやプレゼントとどんな関係があるのか、マドゥーはそれが知りたいのだ。

ふたりが相手のいうことを分析《ぶんせき》しているとき、ぼくにもなんとなくわかってきた。いまのサンタさんと赤ちゃんのときのイエスさまには、たぶん将来《しょうらい》こうなるようななにかつながりがあったのだ。

「あのう、わかったよ」ぼくは大きな声でいった。

「なにが?」マドゥーが聞いた。

「どうしてクリスマスにはサンタさんがいなくちゃいけないのか、それからどうしてサンタさんがプレゼントをあげるのか、ぼく、わかったよ。たぶんサンタさんはワイズガイだったんだよ!」

「なんのことをいってるんだ?」アーロンがいった。

「お兄ちゃんも知ってるじゃない。三人のワイズガイのことだよ。サンタさんはたぶんイエスさまがお生まれになったとき、贈《おく》りものを持っていった三人のワイズガイのひとりだったんだよ」

「それはワイズガイなんていわないよ、モー。ワイズメンっていうんだ。東方《とうほう》の三博士とか、三賢人《けんじん》とか、三賢者《けんじゃ》という人もいるけど」アーロンはけいべつしたように大きな声で笑った。「三博士は星にみちびかれて、東方からベツレヘムへ行ったのに、どうしてサンタさんが三博士のひとりなんだよ?」

「たぶんそのひとりがイエスさまに特別な贈りものを持ってきたあと、毎年子どもたちに贈りものをあげることにしたんだよ。ぼくらがみんなイエスさまのことを忘《わす》れないようにするために」

「そう、ぼくはその話は知らないなぁ」マドゥーが考えぶかげにいった。それからぼくをじっと見つめながら、人差し指であごをこすった。「でもきみのいうのがほんとうなら、今夜サンタについて聞いたほかのどの話よりもなるほどと思えるよ」マドゥーはそういって、アーロンを見てウインクし、にっこり笑った。

「あのう、マドゥー。モーの考えがそんなにおもしろいなら、きみもぼくらといっしょにクリスマス・ページェントに参加したほうがいいよ」アーロンのいい方はちょっとむっとしている感じだった。マドゥーがお兄ちゃんの説明よりもぼくのほうを気に入ったからだ。「きみはきっと博士のひとりにされるから、劇に出れば、きみの知りたいことがみんなわかるよ」

「そうだね。たしかにそうだ！　アーロン、いいことをいってくれたね。東方からやってきた博士について、ぼくは知りたくてたまらないんだ」

それで決まり。マドゥーはぼくらといっしょに劇に参加することになった。

その夜マドゥーといっしょのとき、クリスマスのことでほかに話をしたのは、ぼくらがクリスマスリストについてたずねたときだけだった。おどろいたことに、マドゥーはあの変な真《ま》っ赤《か》な紙をすでにやぶって、ごみ箱に捨《す》てていた。マドゥーがなによりも欲しがってるものは、いくらサンタさんでも自分の力ではどうにもできないし、もしできたとしても、マドゥーはキリスト教徒じゃないから、たぶんもらえないからだという。ぼくはそんなふうに考えるのは正しくないと思ったけど、ぼくの考えを無理に押《お》しつけたりはしなかった。

もう時間だから、マドゥーとの話は終わりにしなくちゃいけなくなったとき、本音《ほんね》をいうと、ぼくはもう少しマドゥーのおしゃべりを聞いていたかった。それは最後に訪《たず》ねる病室が怖《こわ》かったからでもある。カトリーナはマドゥーとはぜんぜんちがう。マドゥーならうれしがることも、カトリーナは悲しがる。マドゥーなら前向きにものを見るところを、いうまでもないけど、カトリーナはそうはいかない。

「こんばんは」ぼくはカトリーナの病室のドアをノックしながら、心のどこかで聞こえないといいなぁと思いながら小さな声でいった。「カトリーナ、モーラーだよ。このあいだの夜に来たエルフだよ。カトリーナ、そこにいるんだろう?」

「入ってこないで!」カトリーナは五階中に聞こえるくらい大きな声でさけんだ。「あたし、だれにも会いたくない!」

「うわー、すごい声だ。とにかくこれであの子が中にいることはわかった」アーロンが声をひそめていった。

「あんたたちのいってること、聞こえてるわよ! もちろんよ。あたしはここにいるわ。ほかにどこに行くっていうのよ? あたし、まだ死んでないのよ!」

もうはじまった。これでは恐《おそ》れていた以上だ。「リングル先生はうそをついたんだ」ぼくも小さな声で、そっとお兄ちゃんにいった。「こんどはうまくいくって、先生はいったのに。そうは思えないよ……」

「ちょっと、あんたたち、まだ聞こえてるわよ! あたしのことをいうのなら、こそこそいってないで、面と向かっていいなさいよ。サンタさんのお手伝いのくせに役立たずね。ぜんぜん気がきかないんだから!」

このへんでしっぽを巻《ま》いて逃げだすべきか、このまま声をかけ続けるほうがいいのか、どうしたらいいかわからなくて、ぼくらはちょっとのあいだ突《つ》っ立っていた。カトリーナ・バーロウからクリスマスリストを受けとってくるとリングル先生に約束しなかったら、ぼくはさっさと向きを変え、またマドゥーの病室へもどっていき、こんな子のことなんかみんな忘れるのに。でも約束は約束だ。

「ああ、わかった」ぼくは思いきっていった。「だったら入ってもいいってこと?」

「なによ?」カトリーナはするどい口調《くちょう》で切り返してきた。

「面と向かっていえって、きみはいっただろう? だったら、あのう……中に入って、話してもいいってこと?」

「そんなつもりじゃないわ。静かにしてって、いったのよ」

「わかった。でも、とにかく中に入っていい? こんどはお兄ちゃんもいっしょだよ。ぼくらはほんとうにきみと話がしたいんだ」

しばらくしんとなった。それからなにかをそっとくしゃくしゃにしているような音がして、そのあともぞもぞとして、キュッキュッと鳴った。この病室を初めて訪れたときも、たしかそうだった。こんな音がするのは、ぼくらを中へ入れる準備《じゅんび》をしている証拠《しょうこ》だ。でもアーロンにはいわなかった。カトリーナに聞こえたら、つむじを曲げられるかもしれないからだ。それから二、三分しんとなって、とうとうカトリーナがもう一度いった。こんどはきげんがよさそうな声だ。

「いいわ。入っていいわ――でも、ちょっとだけよ」

ぼくは前にカトリーナに会ったことがあるので、といっても、あのときはカトリーナを泣かせただけだけど、アーロンはぼくに先に入れといった。ぼくはできるかぎり用心して、コートのポケットから特大のキャンディーケインを引っぱりだし、たいまつのように胸の上に高くかかげた。それから静かにドアを押《お》し開けて、少しずつ前に進んだ。

「ぼく、あのう……カトリーナ、これを持ってきたよ」ぼくはどの指にも力をこめ、仲直りのための赤と白のしまもようの贈りものをぎゅっとにぎりしめ、ドアの中に手が入ったとたんにいった。

「これはほかのより大き……」いい終わらないうちに、ぼくは足がすくんだ。顔をあげると、この前会ったときと同じで、向かい側の壁《かべ》を背《せ》にしてカトリーナが立っていたからだ。あのときは赤いパジャマの上に、トイレットペーパーが巻きつけてあったけど、それはなくなっている。でも頭にはいまも白い紙袋《かみぶくろ》がかぶせてある。ぼくは吹《ふ》きだしそうになるのをぐっとがまんしてたずねた。

「カトリーナ、それは……あのう、新しいコスチュームなの？」

「この紙袋のこと？　ちがうわよ！　ばかね。これはキャンディーケインのコスチュームじゃないわよ」

「じゃあ、どうしてそんなのかぶってるんだい？」アーロンがぼくのそばに近よりながらいった。

「本気でそんなことを聞くの？　おじいちゃんのいったとおりだ。おじいちゃんはね、いつもいってた。くだらん質問なんてない。ただくだらんやつがいるだけだって。じゃ、ミスター天才、どう思う？　あててみて。どうしてあたしが頭に袋をかぶってるか」カトリーナはアーロンのほうを向いていったので、ぼくはほっとした。

カトリーナは頭も顔もすっぽり袋でおおわれているので、表情《ひょうじょう》はわからない。でも声の調子から、やっかいな話題なんだとはっきりわかった。

「うーん……髪がくしゃくしゃなのに、帽子《ぼうし》が見つからなかったってこと？」

「ちがうわよ！　キャンディーマン、あんたはどう思う？」こんどはぼくをにらみつけながら、カトリーナはいった。

ぼくはなんて答えようかと考えながら、キャンディーケインを下にさげた。でもいい答えは見つからない。ぼくのいうことはみんなまちがってるに決まってると思った。

「あのう……たぶん包帯が巻いてあって、治るまで人に見せたくないから。そう？」

「それもちがう！　ほんとうに理由を知りたいの？」

ぼくは言葉のあやで聞いただけだ。きちんとした答えが聞きたかったわけではない。でもカトリーナがしばらくなにもいわないので、ぼくもアーロンもうなずいた。カトリーナはもうぼくらを見てはいなかった。床《ゆか》をじっと見つめているのが、袋ののぞき穴《あな》から見えた。カトリーナはふっと大きくため息をついた。そうやって気持ちを落ち着かせ、怒《いか》りを爆発《ばくはつ》させないようにしたのだろう。

「それはね」カトリーナはがっかりしたように肩《かた》を落とし、やっと聞きとれるほどの小さな声でいった。「ひどい顔だからよ。がんになって、いろんな治療《ちりょう》をしたり薬を飲むまでは、こんな変な顔じゃなかったのに。いまは袋をかぶってないと、だれもわたしのほうを見たがらないんだもの。あたしだって、自分の顔を見たくない」

ぼくはカトリーナのきげんがよくなるようなことをなにかいいたかったけど、ひとことも思いつかなかった。その夜おそくベッドに横になったまま、あのときの場面を何度も思い返しているときは、数えきれないほどたくさんかんぺきにいい言葉を思いついた。でもあのときは感情がたかぶって、まとはずれなことをいってしまった。アーロンもぼくもただ突っ立って、くしゃくしゃの白い紙袋の下で泣いているカトリーナを見ているだけだった。

一度だって悪いのに、ぼくは二度もカトリーナを泣かせてしまった。ああ、これではぼくはエルフだなんていえやしない。

永遠《えいえん》とも感じられるほどながいあいだ泣いていたカトリーナがやっと目をあげて、ぼくがいちばん待ちのぞんでいたことをいってくれた。

「もう行っていいわよ」カトリーナはすすり泣きながらいった。

ぼくたちは部屋から出ていった。

第6章

わたしたちは子どものころの思い出や家族の愛に育《はぐく》まれて、
思いやりをもつようになる。
そして、クリスマスには童心《どうしん》にもどることで、一年中さらに元気になる。
――ローラ・インガルス・ワイルダー（一八六七～一九五七）
米国の作家、小学校教師。代表作『大草原の小さな家』

十二月五日、金曜の夜は毎年かかさず行われるクリスマス・ページェントの配役を決めるときだ。ぼくらが病院へついたとき、子どもたちの多くはとても明るくて元気だった。ほとんどの子どもがもうぼくらの名前を知っていたので、ぼくらが廊下《ろうか》を通って、マドゥーの部屋《へや》へ行っているとき、あいさつをしてくれた。

マドゥーの部屋をノックしようとしたとき、中からぱっとドアが開いた。

「こんにちは、エルフ！　ぼくを呼《よ》びにきたんだよね？」ぼくらを見て、マドゥーはいった。

「そうだよ」アーロンがくすっと笑った。「きみを誘《さそ》いにきたんだよ。もうしたくはできてる？」

「ああ、できてるよ。ぜんぶちゃんとね。ぼく、あのワイズガイ……あのう、東方《とうほう》からやってきたあの博士たちのことが知りたくて、もう待ちきれないから、いまちょっとひとりで勉強してたんだ」

「それはすごいね」アーロンはそういいながらマドゥーといっしょに廊下を引きかえし、リハーサル室へ向かった。

遠ざかっていくふたりを見て、ぼくはふとあることを思って、足が止まってしまった。

「ねえ、ちょっと」ふたりのうしろから、ぼくは大声でいった。「あのう……カトリーナを誘わなくてもいいの？」

「紙袋《かみぶくろ》をかぶってるカトリーナのことかい？」アーロンがいった。

ぼくだってあの子とまた顔を合わせたくはないけど、誘おうともしないのはよくない、と心のどこかでなにかがぼくにつぶやいていた。

「そうだよ。だって自分はのけものにされてると思わせたくないから」

「それがいいよ」マドゥーがいった。マドゥーの声は心からそう思っているようだった。「ぼくもその子に会ったことがあるよ。きっと喜んで、ぼくらといっしょに来てくれるよ」

アーロンはまた笑っていった。「きみはぼくらが話している女の子のことをいってるの？」

ぼくらは三人で廊下の先のカトリーナの部屋へ向かった。そして、ドアの前まで来ると、民主的に三人で話し合って、カトリーナにはマドゥーから話してもらうことにした。

マドゥーは明るく笑いながらドアをノックした。

「こんにちは、カトリーナ、ぼくは数メートルほど先の部屋にいる隣人《りんじん》のインディアンだよ。アメリカの先住民《せんじゅうみん》も、以前はインディアンっていわれていたことがあるよね。でも同じ階にいるアメリカの先住民のあの子じゃなくて、インド人のほうだよ。ぼくのこと覚えてる？」

マドゥーはいつものようにものすごいスピードでしゃべりはじめたので、なにをいってるのかカトリーナにわかるかなぁとぼくは思った。マドゥーは息つぎもしない。ちょっと休んで考えてから話したりもしない。まるでいきおいよくほとばしる意識《いしき》の流れのように、言葉が次から次へと出てくる。

「もちろんぼくのこと覚えてるだろう?」マドゥーは相手の返事も待たずにしゃべり続ける。「そう、ぜったい覚えてるはずだ! 病院中でクリスマスを祝わない男の子はぼくだけだもん。忘《わす》れるはずはないよね? カトリーナ、そこにいるんだろう? 入ってもいいかい? こんにちは?」

「あのふたりもいっしょなの?」いつもはしばらくだまっているカトリーナがすぐにいった。「エルフのことよ」

「そうだよ。いっしょだよ! もちろんだよ。エルフはまた北極からもどってきたんだと思うよ」ぼくはドアの向こうからクスクス笑い声が聞こえてくるような気がした。

「いまぼくの横にいるよ。きみがどうしているか、ふたりとも気にしてるんだ。入ってもいいかい?」

「いいわ、ちょっと待ってね」

カトリーナの温かい歓迎《かんげい》に、アーロンもぼくもびっくりした。それからちょっとのあいだ、なにかもぞもぞと着けてるような音がして、そのあとすぐにカトリーナが大きな声で「入ってもいいわ」といった。ぼくは病室の中に入るとき、カトリーナの名札の下にクレヨンで書いてあるサインに、また目がいった。

「こんにちは、カトリーナ。あのう、これはどういう意味？」ぼくは忘れないうちに聞いた。「『E・D―12／79』っていうのは」ぼくはサインを声に出して読みながらいった。「特別な日とかなにかなの？」

「まあ、そんなもんね」ベッドの反対側からぐるっとまわってきながら、カトリーナは紙袋越《ご》しにいった。「去年の十二月、あたしが死ぬはずだった日よ。E・Dっていうのは、死亡推定日《しぼうすいていび》のことよ」

「あー」こんなに突《つ》っこんで聞かなきゃよかったと思いながら、ぼくはいった。「ごめんなさい」

「いいのよ。おかげであたしは一日一日に感謝《かんしゃ》することを忘れないでいられるわ。お医者さんたちはね、みんなあたしにこういったのよ。去年のクリスマスまで生きられないって。でも、まだあたし、生きてる」

死ぬ話を聞きたくなかったので、ぼくはすぐに話題を変えた。

「きみはまだリングル先生にもらった赤いクリスマスリストを持ってる？　もらいたいプレゼントを書いた紙」ぼくはとっさにいった。「先生の代わりに、ぼくがもらってくることになってるんだ」

「あー、あれならもう先生にわたしたわ」カトリーナはいった。

「わたしたの？」ぼくはちょっとどころか、すごくおどろいた。「だって、先生はきみからもらってくるようにといったんだよ。いつわたしたの？」

「あんたたちに会った夜よ。あの夜は、あたし、とっても腹《はら》が立ったから。だって、わかるでしょう？　キャンディーケインやなんだかんだで。あんたたちが行ってしまったら、先生があたしに紙をくれた。だから欲《ほ》しいものを書いて、紙を丸めて投げかえしたら、先生の鼻に命中したわ！」

「たぶん」マドゥーがふいに口をはさんだ。「カトリーナ、リングル先生がきみのリストをどこかへ置き忘れたんだよ、きっとそうだよ」

「そうだよ」アーロンもいった。「先生はたぶんなくしたんだよ。もう一度書いてくれない？」

「いやよ。そんなことしたら、あんたたちが見るでしょう！　サンタさん以外の人に見せたくない。それに一度先生にわたしたんだもん。もういいわよ」

「じゃ、お好きなように。だけど欲しいものがもらえなくても、ぼくらのせいにしないでよ」ぼくはふざけていった。でもカトリーナはくすっとも笑わなかった。腕組《うでぐ》みをして、いつものカトリーナらしい口調《くちょう》で切り返してきた。

「それにもともとあたしの欲しいものがクリスマスにもらえるはずないわ！　いくらサンタさんでもむりよ。そんなくだらない紙に、わざわざ書くこともなかったんだわ」

カトリーナのきげんはころころ変わる。でもマドゥーはべつに気にもしていないようだ。思わず口をついて出たぼくの言葉でぱっと燃《も》えあがった炎《ほのお》を、マドゥーらしく快活《かいかつ》にしずめてくれた。

「だったらぼくらはふたりとも、クリスマスになにももらえないことになるね。きみのリストはなくなった。きみが思いっきり投げたとしたら、リングル先生の鼻の穴《あな》に入ったのかもしれないよ。ぼくのリストは変なインド人がびりっと引きさいて、ごみ箱にほうってしまったから」

カトリーナはけたたけた笑った。カトリーナの笑い声が真っ白な紙の仮面《かめん》をすりぬけて出てきたのは、長いあいだでたぶんあのときが初めてだった。

「カトリーナ」笑いがおさまると、ぼくはいった。「ぼくらはリストをもらいにきただけじゃないんだ。いまクリスマス・ページェントの役をもらいに行くところだけど、きみもいっしょに行かないかと思って。劇《げき》に出たら楽し――」

「いやよ」ぼくが話し終えないうちに、カトリーナはいった。口調も態度《たいど》もまたいきなり変わった。

「だけど、カトリーナ」アーロンもいった「きみも来たいんじゃないかと――」

「ねえ、あんたたち、あたしのいうこと聞いてなかったの?」カトリーナはむっとしていった。「いやっていったら、いやよ!」部屋がしんとなった。ぼくがなにかいえば、カトリーナはなにをするか、なにをいいだすかわからない。ぼくは怖《こわ》くて、もう口をきく勇気はなかった。アーロンもだまっている。そのあいだマドゥーは考えこんでいるようすで、部屋の中をゆっくりと歩きまわっていた。カトリーナは背筋《せすじ》をぴんとのばして、ぼくら三人をまるで弓矢で射《い》るかのように順番に見つめている。

とうとうマドゥーが沈黙《ちんもく》をやぶった。

「ぼく、いいこと思いついたよ!」マドゥーは紙袋越しににらみつけている緑色の目のほうを向いていった。「カトリーナ、きみはいつもガーニーレースに参加していたそうだけど、あれ、ほんと?」

「ほんとよ」カトリーナはいぶかしげにいった。「でも、もうやめた。だって、チビッコがおおぜいあたしのことをからかうし、あたしを打ち負かせる子がひとりもいないんだもの。ぜんぜんスリルがなくなった」

「ぼくならきみに負けないよ」マドゥーはまだカトリーナの目を見つめたままいった。

ガーニーレースってなんだろう? ガーニーというのは、車輪のついてる病院のベッドのことだから、あのベッドで競走するってことかなぁ、とぼくは思った。どんなレースかは知らないけど、しゃべる速度と同じくらい速く走れば、マドゥーが勝つだろう。

「だれもあたしに勝てるわけないじゃない」カトリーナは腰《こし》に両手をあてて、とげとげしい声でいった。「だって、あたしはけがしたって平気だもん。どうせもうすぐ死ぬんだから」

「それならぼくと競走しろよ!」マドゥーはにこにこしながら平然としていった。「もしきみが勝ったら、もう劇のことはなんにもいわない。ぼくらもみんな劇には参加しない。でもぼくが勝ったら、きみもいっしょに来て、どんな役でも引きうけなくちゃいけないよ。いいね?」

カトリーナはすぐには返事をしない。挑戦者《ちょうせんしゃ》の品定めをしているようだった。

「いやよ」カトリーナはやっといった。

「だけどカトリーナ! 勝つ自信があるならどうして――」

「その子とならする!」カトリーナはマドゥーの言葉をさえぎって、ぼくのほうを向いていった。

まさかそんなはずはないけど、もしかして、だれかがぼくのうしろにこっそりしのびよってきたのかもしれないと思って、ぼくは肩越《かたご》しにふりむいた。だれもいなかった。

「そのチビッコエルフが勝てば、あたし、劇に出るわ」
「ふぅー」

その夜、病院ではいろんなことが行われていたので、建物の東の角《かど》にあるエレベータにこっそり乗りこむのはむずかしくなかった。そのエレベータだけは改修《かいしゅう》工事中も八階まで行くし、だれかに見られてじゃまされることもないので都合がいい。そのころにはもうぼくは、こんな競争をするのはとても悪いことだと思いはじめていた。

すぐにわかったことだけど、ガーニーレースはスピードを競う競技《きょうぎ》といえるほどのものではなくて、まったくばかげた競技だ。そう、たしかに車輪のついたベッドはスピードが出る。でもスピードはそれほど問題ではない。肝心《かんじん》なのは相手との間隔《かんかく》だ。ガーニーレースはいわば病院用のベッドでチキンレースをするようなもので、一種の度胸《どきょう》だめしだ。競走者ふたりは、長くて幅《はば》の広いスロープのてっぺん近くで、それぞれ自由自在《じざい》に回転するベッドに乗りこむ。スロープは下の広々とした階段《かいだん》の吹《ふ》きぬけに向かってゆるやかな下り坂になっている。急な坂ではないけど、つるつるした車輪が固いタイル張《ば》りの床《ゆか》の上をすべると、スピードが増《ま》して、階段のおどり場に近づくころには危険《きけん》なほどになる。優勝《ゆうしょう》するのは、回転するベッドから最後に飛びおりた者だ。

このレースに参加した子どもが数人、多少けがをした。でも子どもたちは夜中に八階で行うレースを知られないようにするために、けがの原因《げんいん》について、それぞれが話をでっちあげて医者につげた。

いわゆるこの競技は、病院の最上階が修理のために閉鎖《へいさ》された九月にはじまった。毎週二晩《ばん》、スリルをもとめる子どもたちが数十人、医者や看護師《かんごし》の多くが帰宅したあと、こっそり最上階へあがっていく。そこだと、おとなの監視人《かんしにん》のきびしい視線《しせん》のかげにかくれて好きなことができる。みんながいちばん気に入っているのがガーニーレースだ。

「ほんとうにやってもいいの、カトリーナ?」自分の乗るベッドを選んで準備《じゅんび》ができると、ぼくはいった。こんな手段を選んだのは、カトリーナを劇に参加させるためだけど、通路のいちばん上からスロープを見おろしたとき、ぼくはすごく不安になってきた。

「ほかにもできる競技があるよ。紙飛行機を飛ばすのもいいよね」そうなればいいなぁと思いながら、ぼくはいった。

「モーラー、怖がってるみたいね。あんたって臆病者《おくびょうもの》なの？」カトリーナはぼくをけしかけるような口調でいった。

たとえ臆病者でも、自分で認《みと》めるわけにはいかない。「あのー、うん、まさかー」これしかいえないなんてお粗末《そまつ》。でもぼくはびくびくしていたので、もっと気のきいた返事を思いつけなかった。

「いいわ。でも忘れないでね。わざとスピードを落とそうとして、壁《かべ》に手を触《ふ》れちゃだめよ。そんなことをしたら失格《しっかく》よ。ベッドから飛びおりるまで、腹ばいになってること。わかった？」

「わかってるよ」ぼくは舌打《したう》ちをした。「じゃあ、みんなが劇に参加できるように、さっさとレースを終わらせようよ」

ぼくらのしたくができるまで、ベッドがころがらないように、マドゥーとアーロンがうしろで押《お》さえていてくれた。ぼくの横でカトリーナはベッドに腹ばいになり、紙袋越しに通路の先をじっと見つめている。

「オーケー、いいよ。準備はみんなできてるよ」マドゥーがいった。「ふたりとも気をつけるんだよ。モー、きみが勝ちますように。ぼく、博士になりたくてたまんないんだ」マドゥーはぼくの背中をかるくたたいてはげました。「じゃ、ふたりとも位置について。よーい　ドン！」

マドゥーは号令をかけると、ベッドが急に加速しないように、アーロンといっしょにそっと手をはなした。ベッドはゆっくりスタートした。それからほんのちょっとのあいだ、こんなレースはたいしたことないやと思った。

それがとんでもないまちがいだった。

そのあと十五メートルほどはどんどんスピードが増し、三十メートル地点に達するころには、ベッドの車輪が圧力《あつりょく》のせいでガタガタいいはじめた。ぼくらは文字どおり接戦《せっせん》だった。ベッドがますますスピードを増し、へたをすれば死んでしまう地点に近づくと、ぼくもカトリーナも吹きぬけをもっとよく見ようと、首を突《つ》きだした。するとカトリーナの頭の紙袋が空気に抵抗《ていこう》して、すぐにヒラヒラしはじめた。ここで風を受ければ、紙袋は吹きとばされてしまうかもしれない、とぼくはいっしゅん思った。

四十五メートル地点のマークは、ぼうっとしてほとんど見えなかったけど、最後の十五メートルはスローモーションの映画《えいが》のようだった。残りの数秒で、壁にかけてある子どもたちの絵や、棚《たな》でほこりをかぶった聴診器《ちょうしんき》、壁と床の境目《さかいめ》にくっついているガムの小さなかたまりさえ見えた。でもそのあいだほとんどいつも、横にカトリーナがいるのに気づいていた。カトリーナはレースをやめるつもりはまったくなさそうだった。カトリーナが飛びおりようとしたら、そのしゅんかんにぼくも飛びおりられるように、ぼくは体を曲げていた。

でもそのときは来なかった。

階段のへりまで残り六メートルほどになったとき、ぼくは怖くて、金切り声をあげた。

「飛びおりろ!」

「あんたが先よ!」

「いや、きみがさ、さ、さーーーーーーーーーきだ!」

そのあとぼくらのベッドがふたつとも、下の階段のいちばん上近くのカーペットのへりにぶつかって、二十段下の広々した床面に頭から先に突進《とっしん》した。そのときベッドはキーキーいってガタガタゆれただけだった。下へ落ちるとちゅう、ぼくらのずっとうしろのほうで悲鳴が聞こえたような気がしたけど、それは鋼鉄製《こうてつせい》のベッドが階段を転がりながら落ちるときのホワイトノイズと、コンクリートの床に近づいたとき、ぼくの口から出た恐怖《きょうふ》のさけび声だった。

「ウウウーーーーーー！」衝撃《しょうげき》で体中がガタガタふるえた。ぼくはいっしゅんだいじょうぶだったんだと思ったけど、まわりがたちまち薄墨《うすずみ》色になってきた。そしてぼんやりしたかすみを通して、明るい緑色の目がぼくを見おろして、かすみの中でさまよっているのが見えた。よく見慣《みな》れた目だけど、ぼくの記憶《きおく》にある目とはどこかちがう。

紙袋がない！　カトリーナの顔だ！　カトリーナはだいじょうぶなの？

それからなにもかもが真っ暗になった。

第7章

病気の治療《ちりょう》で最大のあやまちは、体と心の治療にあたる医師《いし》が異《こと》なること。
このふたつは切っても切り離《はな》せないものなのに。

——プラトン（BC四二七〜三四七）
古代ギリシャの哲学者。

「モー、こんにちは。きちんと起き上がって、わたしのほうを見てくれるかい？」だれかがぼくに話しかけている。でも声の主《ぬし》はわからない。「モー、目を開けてごらん」

「ワァー！」いわれたとおりに目を開けて、はっとした。「まぶしい！」明るい小さなライトが左右に行ったり来たりして、ぼくのふたつの目を交互《こうご》に照らしている。ぼくは思わずライトを手で払《はら》いのけた。

「上を見て。いいよ。では左。いいよ。そうですね、かなりうまく打ちつけたようですね。まあ、落下の距離《きょり》からすると、おどろくほどではありませんが。アスピリンを少し飲んで、数日休めばよくなるでしょう」

カチッと鳴ってライトが消え、瞳孔《どうこう》が正常《せいじょう》にもどると、ぼくはいまどこにいて、どんな状態《じょうたい》かがよくわかった。背中《せなか》が下まで完全に開く、ゆったりした手術着《しゅじゅつぎ》だけを着て、病院のベッドの上に起き上がり、左腕《うで》は三角巾《さんかくきん》でしっかり支えてある。病室にはママとパパがいる。アーロンとマドゥーもいっしょだ。お医者さんがズキズキ痛《いた》むぼくの体を診察《しんさつ》しているとき、みんなはそのようすをじっと見つめていた。

「モーラー、きみはほんとうに運がよかったな」先生はキャスターつきのスツールをけって、ぼくのベッドから離《はな》れながらいった。それから立ち上がって、カルテに走り書きをはじめた。ぼくはこのお医者さんの話し方が好きじゃなかった。ちょっと鼻声で、ズバズバとものをいいすぎる。口が動いていないときは、まるでなにかにいらついているかのように、ぎこちなくくちびるをぎゅっとすぼめている。もしかしたらすごく疲《つか》れているのか、自分のことしか頭にないのかもしれない。

いまもしゃべりながらカルテから目をあげない。「手首の骨折《こっせつ》、それから肋骨《ろっこつ》の中央が五～七本骨折して、うしろへ曲がっている。鎖骨《さこつ》のひどい打撲《だぼく》。だがそのほかにも頭と顔の打撲。きみの……えー、ふむ……事故《じこ》の特質《とくしつ》を考えると、それほどひどくはないね」

「カトリーナはどこですか。だいじょうぶですか？」打撲したぼくの頭ではよく理解《りかい》できないちんぷんかんぷんの医学用語で先生が話し終えると、ぼくは聞いた。

「紙袋《かみぶくろ》をかぶった女の子のことかい？」そういったのはパパだった。「あの子ならだいじょうぶだ。打撲と打ち身はあるが、たいしたことはないそうだ。いまは病室にいるよ。気がとがめているんだろうね」

「どうして？」

「そうだな、わたしたちにいえるのは、おまえのけがはほとんどがあの子のせいだってことだ。手首の骨折はおまえ自身のせいだと思うが、ほかのけがはあの子がおまえの上に飛びおりたせいだ。おまえはあの子よりもほんのいっしゅん先に床《ゆか》に飛びおりて、あの子の落下の衝撃《しょうげき》を弱めたんだ」

「そうだよ。ほんとうにそうだったんだよ、モー！」マドゥーも興奮《こうふん》してつけくわえた。

「きみもあの光景を見られるとよかったのに。ほんとうにすごかったよ。ぼくは死ぬまでぜったいに忘《わす》れない」

「よかった。きみが喜んでくれて。でもぼくが勝ったの？　カトリーナはぼくらといっしょにクリスマス・ページェントに出るの？」

ぼくは立ち上がろうとしたけど、わき腹《ばら》が痛くて、じっとすわっているほかなかった。

「まだわからないんだ」アーロンが肩《かた》をすぼめた。「カトリーナはいってるよ。たとえゴール地点をうんと越《こ》えていても、モーラーのほうが先に床に触《ふ》れたから、あたしの負けじゃないって。だからあの子とおまえが話し合わなくちゃいけないだろうよ」

「でも、それはまたの日にね。いまは腕にギプスをはめてもらいにいって、それから家へ帰らなくては」部屋のすみの椅子《いす》にかけていたママがいった。そういいながらママが笑っているのに、ぼくはびっくりした。

「だったら、ママはぼくのこと、怒《おこ》ってないの？」

「すごく怒ってるわよ。でもどうしてそんなことをしたのか、アーロンとお友だちが説明してくれたわ。モー、パパとママはね、人助けに時間を使ってほしくて、あなたたちをここへつれてきたのよ。それなのに自分から進んで、あんな危《あぶ》ないことをするなんて、ママはうれしいはずないでしょう。でもカトリーナをページェントに参加させるために、あなたたちがあそこまでしたのをママは誇《ほこ》りに思ってる。カトリーナはあなたのような友だちをうまくあやつれるようね。でもこれからはもう少し気をつけてね。いい?」

「わかった」ぼくは含《ふく》み笑いをしながらいった。「ママ、大好きだよ」

看護師《かんごし》さんがぼくをベッドからおろして車椅子に乗せ、一階のギプス室へつれていってくれた。そこでぼくは生まれて初めてギプスをしてもらった。ギプスというのは重くて白い石膏《せっこう》の包帯のことで、手の甲《こう》の真ん中から肘《ひじ》の先まで伸《の》びている。これは手首から肘のあいだが動かないように、腕を直角に固定するためのものだから、快適《かいてき》とはいえない。胸《むね》には伸《の》び縮《ちぢ》みする包帯が巻《ま》いてある。ぼくが目をさます前に、額《ひたい》と頭皮の傷《きず》はもうぬってあった。だから頭にも包帯が巻いてある。打撲した鎖骨はほかのどこよりもひどい。少しさわっただけでもズキズキ痛むので、氷で冷やしたあとは、そのままほうってある。

お医者さんと看護師さんが傷の手当を終えたときは、もう十一時近くになっていて、ぼくは疲れと痛みでぐったりしていた。パパとママがぼくを家へつれてかえってくれ、ベッドまで抱《だ》いていってくれた。ぼくは頭がまくらに触れたとたんに眠《ねむ》ってしまった。

それからの一週間は、ぼくの人生でおそらくもっとも退屈《たいくつ》でつまらないときをすごすことになった。体が痛くて動きまわれないし、せまいベッドの上でできることはほとんどない。それでも一日、二日はマンガや薬でなんとかがまんできた。でもそのあとは、ひまつぶしに髪《かみ》の毛を一本一本ぬきたくなったほどだ（包帯の下の髪の毛にさわることができればだけど）。お兄ちゃんといっしょに夕方の病院訪問《ほうもん》もしたいし、学校さえも恋《こい》しくなった。

ぼくのけがで、マドゥーとアーロンはクリスマス・ページェントの役を決める第一回目の会合には出られなかったけど、ぼくが家でねているあいだに、ふたりとも役をもらった。アーロンはナレーターだ。これまではたいてい看護師にふりあてられていた役だけど、アーロンがとてもじょうずに台本を読むのを聞いて、みんなが例外を認《みと》めたのだ。マドゥーは計画どおり、博士のひとりになった。でも博士は三人とも早くに決まっていたので、そこに入れてもらうには強引に理詰《づ》めでせまるしかなかった。

「モー、ちょっと想像《そうぞう》してみろよ！」あとでその話をしてくれたとき、アーロンはとても興奮していた。「マドゥーはすごいよ。聖書《せいしょ》を使って、ヒンドゥー教徒が博士の役を演《えん》じてもいいっていうことを説明したんだよ！」

マドゥーはやりたい役をもらうために、劇《げき》の監督《かんとく》である三階のウィンブル看護師と話し合ったのだという。ウィンブルさんは髪《かみ》の毛がふさふさしていて、南部なまりのひどい風変《ふうが》わりな女性《じょせい》だ。また聖書については、夫が牧師《ぼくし》だからというだけかもしれないけど、この病院では自分が権威者《けんいしゃ》だと思っている。マドゥーが博士の役をやりたいといったとき、ウィンブルさんは冗談《じょうだん》だと思って、ただ笑っていた。でも本気だとわかると、ぴしっとはねつけた。

ウィンブルさんはぷりぷり怒って、「博士は三人とももう決まった。これ以上増《ふ》やせなーい」と母音《ぼいん》を長く伸ばし、南部なまりでいった。

「どうして三人以上はいけないんですか。イエスさまの誕生《たんじょう》の話に参加できる博士の数は、何人までと決まっているんですか?」マドゥーはウィンブルさんに理解できるようにゆっくり話した。

「マドゥー・アンーブーリ君、きみはあたしらの宗教《しゅうきょう》のこと、あまりよくわかってないね。でもあたしはよーくわかってる。物心《ものごころ》ついたときから、毎日聖書を読んでいるんだから。聖書には三人の博士とはっきり書いてある。だからあたしたちの劇では、そのとおーりにする」

「でもウィンブルさん、ぼくはウィンブルさんがまちがってると思います」マドゥーはふだん話をするときは、まわりくどい言い方をするけど、必要なときはそれなりの言い方を心得ている。しかもまわりの人たちにもきちんと聞こえるように、大きな声で話す。だからふたりはいったいなにを話し合っているのかと、みんなが仕事の手をとめて聞き耳を立てた。

「いま、なーんていったのよ?」ウィンブルさんの声はとんがっている。怒りで鼻《はな》がひくひくしている。「きみはあたしがうそつきだっていうの?」

「ウィンブルさん、ぼくはそんなことをいうほどずうずうしくはありません。ちがいます。ウィンブルさんはぜったいにうそつきではありません。このことについてはまちがっているだけです。聖書は博士の人数については、はっきりいっていません」

「たしかにいってる！　議論《ぎろん》はもーおしまい。マドゥー、ヒンドゥー教徒なら、牛が神の使いだということを信じるよね？　聖なる牛よ。あっ、いい考えがうかんだ！　きみは牛の役をやりなさい。それでどう？」

「ウィンブルさんがそうおっしゃるのは当然ですけど、ぼくはやっぱり博士になりたいです」そういいながらマドゥーは上着のポケットから聖書をとりだした。表紙には太字で、「国際《こくさい》ギデオン協会《きょうかい》」（訳注《やくちゅう》・聖書を無料で配るキリスト教伝道団体）と印字されている。

「ぼくはゆうべ、マタイの福音書《ふくいんしょ》の二章を読みました。そこにはこんなことが書いてあります。〔見よ、東方《とうほう》の博士たちがエルサレムにやって来て、こう言った。〈ユダヤ人の王としてお生まれになった方はどこにおいでになりますか。私たちは、東のほうでその方の星を見たので、拝《おが》みにまいりました〉〕。博士は三人だとも、それらしいことも書いてありません。博士が東方から来たことはたしかです。そのことははっきり書いてあります。ぼくも東方から来たので、四人めの博士になりたいんです。博士の役をやらせてください。おねがいします」

ウィンブルさんはまわりに集まってきた子どもたちを見まわした。子どもたちはみんな返事を聞きたそうにしている。

「でも……贈《おく》りものが三つしかないのにー」ウィンブルさんはあわれな声でいった。

「黄金《おうごん》と乳香《にゅうこう》と没薬《もつやく》。三つの贈りものに、三人の博士。四人めの博士は救《すく》い主《ぬし》にいったいなにを持っていくつもりよー？」

「ウィンブルさん、ぼくに博士の役をやらせてもらえるなら、とびきりすてきな贈りものを考えます！」

ウィンブルさんはしぶしぶだけど、結局マドゥーの主張《しゅちょう》を受けいれて、変更《へんこう》を認めた。子ども病院の恒例《こうれい》のクリスマスの降誕劇《こうたんげき》で、四人の博士を登場させることにしたのはこのときが初めてだ。次にマドゥーがしなくちゃいけないのはただひとつ。イエスさまになにを贈るかを考えることだ。

あれは十二月十五日の月曜日だった。ぼくはまだギプスをはめ、頭には包帯を巻いていたけど、病院の子どもたちをまた訪れてもいいという許《ゆる》しが出た。

陽気なリングル先生はまだ町の外に出たままだった。でも病院ではクリスマスの準備《じゅんび》がどんどん進められていた。ぼくが休んだ週に、アーロンとマドゥーはカトリーナの病室へ行った。でもどんなにいっしょうけんめいたのんでも、中へ入れてはもらえなかったそうだ。そこでその夜、アーロンとマドゥーが劇のけいこに行ってるとき、ぼくはカトリーナの部屋に向かった。

「カトリーナ、そこにいるの？」ぼくはドアをかるくノックしながらいった。

「いるわ。モーラーなの？」

「腕のぐあいはどう？」

「だいじょうぶだよ。ほかはみんな痛いけどね」ぼくはふざけていった。

「ごめんなさい」

「きみがあやまることなんかないよ。あのう、ちょっと中へ入ってもいい？　そうすれば、ドア越しに話さなくてもいいんだけどなぁ」

「ちょっと待ってね」紙をくしゃくしゃにして、もぞもぞとなにかを身に着けているような小さな音がした。それからドアが開いた。カトリーナは新しいパジャマに、ピンク色のスリッパをはき、頭にはいつもの白い紙袋《かみぶくろ》をかぶっている。

それから三十分ほど、ぼくは思ってた以上に、カトリーナのことをくわしく知ることになった。カトリーナが初めて心を開いて、自分のことを話しはじめた。ぼくには聞くのも悲しくてつらい話もあったけど、カトリーナを理解するには大切な話だった。まずはガーニーレースで死にそうになったときの話を、カトリーナはときどき笑いをまじえておだやかに話しはじめた。ところがやがて深刻《しんこく》な話になってきた。

「カトリーナ、どうしてきみは病気のことを話してくれないの？　きみのがんがどんな種類《しゅるい》のがんなのか、ぼくは知らないんだよ」

「おじいちゃんがそばにいてくれたときは、もっとその話をしてたわ。おじいちゃんはあたしを元気づけてくれた。いつもいってくれたの。なにもかもだいじょうぶだよって」カトリーナは自分のいった言葉でまた悲しみがこみあげてきたようだった。

「おじいさんは、あのう……死んじゃったの？」

カトリーナはこんな話をしてくれた。おじいさんは四か月前に心臓発作《しんぞうほっさ》で亡《な》くなった。

だからいまカトリーナは州政府《せいふ》に面倒《めんどう》をみてもらっていて、この病院で緊急《きんきゅう》治療を受けているのだという。父親のことはぜんぜんわからない。父親がだれなのか、母親でさえもよくは知らなかったという。悲しいことに、カトリーナが四歳《さい》のとき、母親は仕事に行くとちゅう、よっぱらい運転の車にひかれて亡くなった。だからカトリーナは覚えているかぎり、ほとんどおじいちゃんに面倒をみてもらった。とくに一九七九年七月に脳腫瘍《のうしゅよう》と診断《しんだん》されてからは、おじいちゃんになにもかもしてもらってたそうだ。

カトリーナはぞっとするほどひどい境遇《きょうぐう》で生きてきたのだ。その話をしてくれたとき、ぼくは自分がどんなに幸せかを考えないわけにはいかなかった。ぼくよりもはるかに不幸な人がいるなんて、それまで考えたこともなかった。ぼくはほんとうにのほほんと生きてきた。ぼくには愛してくれる人がいる。面倒をみてくれる両親もいる。ぼくに関心をもって、いっしょにいたいと思ってくれる友だちもいる。カトリーナにはそういう人がだれもいないのだ。

カトリーナにあるのは、お母さんと、それからおじいさんとのしだいにうすれていく思い出だけで、いまカトリーナはこのふたりがいないのをなによりもさびしく思っている。

「おじいちゃんはあたしがどんなふうに見えるか、外見なんてちっとも気にしなかった」あのときカトリーナはそういった。「おじいちゃんはいつだってあたしを愛してくれた。あたしにはわかってた。あたしがどんなになっても、おじいちゃんはあたしを愛してくれてるって。ほかの人はそうはいかないわ」

「カトリーナ、おじいさんもお母さんも亡くなったなんて、きみがかわいそう」

「ありがとう、モーラー。おじいちゃんがいないから、今年はだれにもクリスマスの飾《かざ》りつけをしてもらいたくなかったの。おじいちゃんはね、いつも喜んであたしといっしょに飾りつけをしてくれたわ。おれがいなくてもカトリーナはクリスマスを楽しんでる、とおじいちゃんに思われたら、あたし、いやなの」

「モーだよ。ぼくの友だちはぼくのことをモーって呼《よ》んでるよ」

「それ、なんのこと？」

「ぼくの友だちはぼくのことをモーと呼んでるってこと」ぼくはもう一度いった。「きみはモーラーといったよ」

「だったら、あたしもそう呼んでいいってこと?」カトリーナは友だちといってもらえるのかどうか疑《うたが》わしそうに、おずおずたずねた。

「もちろんだよ。ほかの呼び方をされたくないよ」

はっきりと断言《だんげん》はできないけど、そのとき大きな紙袋の口の穴《あな》から、カトリーナの顔に笑《え》みが広がるのがちらっと見えたような気がした。

「モー」カトリーナはうれしそうにいった。「あたしね、決めた。ガーニーレースは、ほんとうはあたしが負けたわけじゃないわ。でも勝ったともいえないから約束を守る。あたし、劇に参加する」

「ほんと?」ぼくは椅子から飛びあがりそうになったけど、肋骨がまだひどく痛かったので、椅子にかけているほかなかった。

「ほんとにほんとよ。でも、あたしの役、まだあるかなぁ?」

「きっとあるよ。もしなかったら、マドゥーからウィンブルさんに話してもらうよ」

第8章

クリスマスは神の御心《みこころ》のなかではじまった。
それは人の心に達して、初めて完全なものになる。

――作者不詳

広いリハーサル室へ入ったとき、最初に聞こえてきたのはアーロンの声だった。アーロンが仮設舞台《かせつぶたい》のはじのほうに立ち、マイク代わりに使っているコーンドッグの棒《ぼう》に向かって大声でさけんでいた。

「ヨセフもガリラヤの町ナザレを出て、ユダヤのベツレヘムというダビデの町へ上って行った。それは、すでに身重《みおも》になっていた、いいなずけの妻《つま》マリアと共に、住民登録をするためであった」

ウィンブルさんは舞台の真ん前の椅子《いす》にかけ、南部なまりでできるかぎり大きな声で、しかもできるかぎり早口で、指示を与《あた》えている。

「オーケー、マリアとヨセフ、ふたりとも疲《つか》れてぐったりしたかっこうをするのよー。とくにマリア！　いい、ふたりともー、公園の中を散歩してるわけじゃないんだから。こんなふうにお腹《なか》をかかえるのよ」

マリア役の女の子はうなずいて、ふくらんだお腹の代用品のまくらを両手でかかえた。

「ロバ？　ロバはどーこ？」ウィンブルさんがどなっている。

「さあ、こっちだよ」ぼくはけがをしていないほうの手でカトリーナのシャツをつかみながらいった。「役をもらいに行こうよ！」

カトリーナはしぶしぶだけど、なんとか仮設舞台にたどりついた。ぼくらが近づいていくと、子どもたちはほとんど全員がけいこをやめて、ぼくらのほうを見た。みんなはカトリーナも紙袋《かみぶくろ》も何度も見たことがある。だけど紙袋をかぶったままあらわれたカトリーナを見て、あまりいい気持ちがしないのはたしかだ。ぼくも頭には包帯を巻《ま》き、腕《うで》にはギプスをしている。そんなぼくを見慣《みな》れてもいない。ぼくらの登場で、子どもたちはまた静かになった。

ウィンブルさんが自分の命令も聞かず、ぼくらをじっと見つめている子どもたちをどなる声がしなくなって、やっとカトリーナが小さな声でいった。

「ウウウー、ウィンブルさん、こんにちは。あのう、まだ決まっていない役がありますか」

「残念だけど、カトリーナ、あなたの友だちはけがをしたから、劇《げき》に参加してはいけないそうよ。また舞台から落ちたらひどーいことになるから」

「いいえ、あのう、カトリーナはぼくのことをたのんでるんじゃないんです。カトリーナが出たいんです」

「あー、そう。どっちにしても、役はもうないわ。特別なこのシーンに空《あ》きがあるわけないでしょうー」たとえ冷淡《れいたん》でも、自分としてはじょうずに伝えたつもりだったのだろうか。ウィンブルさんはあっけらかんとして笑った。舞台の子どもたちのなかにも、クスクス笑ったり、ヒソヒソ話をしているものもいる。カトリーナという名前といっしょに、「くだらん袋」といった言葉が何度か聞こえた。ウィンブルさんが「もう空きはないわ」といったのを喜んでいる子もいるのだろう。

「でもウィンブルさん」ぼくはむっとして抗議《こうぎ》した。「カトリーナがじょうずにできる役がたくさんあるはずです」

カトリーナの目を見ると、カトリーナはもうあきらめていて、これ以上ぼくらにむりじいしてもらいたくなさそうだった。でもぼくはこんなあつかいをするのはよくないと思ったので、引きさがらなかった。

「カトリーナはぼくに約束したんです。劇に出るって。だからウィンブルさんがそうさせないなら、カトリーナは約束をやぶることになります。カトリーナにできる役がなにかあるはずです。なにかもっと役が必要なはずです」

ウィンブルさんはそんなことに同情《どうじょう》する必要はないといわんばかりに鼻を鳴らし、ぷりぷり怒《おこ》って、「じゃあ、だれかいい考えがあーる？　カトリーナにぴったりの役を思いついた人？」といった。

残念だけど、だれもなんにもいわない。どんな役でもいいから、だれかカトリーナのためになにか役を思いついてくれないかなぁ、とぼくは必死になって、きょろきょろ見まわした。でもみんなだまったままだ。とうとうウィンブルさんが腕組みをして、この問題を終わりにしようとしたときだ。聞き覚えのある声がした。

「ウィンブルさん、もうひとり博士を増《ふ》やして、五人にしたらどうですか。場合によっては、女性《じょせい》の博士がいるのもすごくいいと思います」マドゥーがちゃめっけたっぷりに、にやにや笑いながらいった。

「マドゥー、それはぜったいにだめー！」ウィンブルさんは大声をあげた。「四人だって多いのに。でも提案《ていあん》してくれてありがとう。ほかにだれか？」

またしんとなった。

「じゃあ、残念だけど、カトリーナは……」

「エンジェル！」舞台の上から大きな声がした。アーロンお兄ちゃんだ。お兄ちゃんが食べかけのコーンドッグに向かって、ナレーションのときと同じように大きな声でいった。「カトリーナはエンジェルになればいいと思います。エンジェルならどんなに多くてもいいから」

アーロンのこの提案《ていあん》にすぐに賛成《さんせい》の声をあげるものがいないなか、エンジェル聖歌隊《せいかたい》のひとりで、褐色《かっしょく》の巻き毛のすごくいやみな女の子がくだらない意見をいった。女の子は声をひそめていったけど、みんなにちゃんと聞こえていた。

「エンジェルだって?」女の子はそういって、笑った。「あんな紙袋をかぶってたら、エンジェルっていうより亡霊《ぼうれい》よ!」

ほとんど全員が吹《ふ》きだした。ウィンブルさんまでもばかげた意見にクックックッと笑っている。次から次へと飛びだすひどいヤジで、自尊心《じそんしん》を傷《きず》つけられたカトリーナは、目が真《ま》っ赤《か》になっている。みんなは、いま、ここで、イエス・キリストの降誕劇《こうたんげき》の練習をしている。だけどみんなのふるまいは、ぜんぜんクリスチャンらしくない。そしてそんな自分たちの態度《たいど》には、完全に目をつぶっている。

アーロンとマドゥーとぼくはどうしようもなくて、このひどい状況《じょうきょう》からぼくらの友だちを救いだすために、なにかほかにできることはないかと頭をひねっていたが、カトリーナは肩《かた》を落として、ぶるぶる震《ふる》えながら出口へ向かった。

そのあとからぼくもドアへ向かったときだ。ワイワイガヤガヤいっているみんなの声よりもひときわ大きな声がしたので、ぼくは足をとめた。

「わたし、やーめた！」おもいっきり声を張《は》りあげてそういったのは、さっきとは別の女の子だ。舞台のほうをふりむくと、監督《かんとく》のウィンブルさんから少し離《はな》れたところに立っているきれいな女の子が衣装《いしょう》の下からまくらを引っぱりだしているところだった。主役の聖母《せいぼ》マリアの役をもらったリンだ。リンの目は怒りで真っ赤になっている。大またでウィンブルさんに近づいていくリンの態度を見て、リンが喜んで決意したことなのだとはっきりわかった。

「わたし、やめます」リンはほかの衣装も頭からぬいで、ウィンブルさんの足もとに放りなげた。「それはだめー。あの独唱《どくしょう》ができるのは、あなたしかいないんだから」ウィンブルさんはいった。

「だって、こんなのひどすぎます。この病院はわたしたちみんなが看護《かんご》を受けて、みんなが思いやって、支《ささ》え合う場所なのに。みんながカトリーナにあんな態度をとるなんて、もううんざり。わたしはがまんできない。カトリーナの役はないっていうのなら、わたしの役もないはずです」

カトリーナはぱっと目を輝《かがや》かせ、「ありがとう、リン。あなたはやさしいのね」というように、リンを見つめた。みんなの目の前で、ほかの患者《かんじゃ》がカトリーナを弁護《べんご》したのは初めてだ。いまのカトリーナには精神力《せいしんりょく》が大いに必要だ。おかげですっかりしょげていたカトリーナが元気になってきた。

「いいわ」沈黙《ちんもく》をやぶって、ウィンブルさんがいった。「リン、あなたがまた衣装を着ければ、あたしたちもカトリーナの役をすぐに見つけるから」それからウィンブルさんはさっきの意見をとりさげた。「アーロンのいうとおーりよ。エンジェルが多すぎるということはないわ。カトリーナ、向こうのあのグループに入りなさい。どうしたらいいかはあの子たちが教えてくれるから、いい?」

カトリーナはうれしそうに顔を輝かせてうなずいた。

「それでは」ウィンブルさんはつくり笑いをしていった。「さっき中断《ちゅうだん》したところまでもどって」

おどろいたことに、カトリーナが聖歌隊に紹介《しょうかい》されると、みんなはほかのことはすっかり忘《わす》れ、なにもなかったかのように、またけいこを続けた。

その夜、ぼくはずっと椅子《いす》にすわったまま劇の練習を見ていた。期待していたよりもずっとおもしろかった。リハーサルのハイライトは、宿屋の主人に扮《ふん》したそばかすの目立つ、短髪《たんぱつ》の赤毛の男の子が台本を見ながら歩いていて、自分の松葉杖《まつばづえ》につまずいたときだ。男の子は家畜小屋《かちくごや》の羊の役の小さな女の子の上に倒《たお》れこんだ。幸い、だれもけがはしなかったけど、女の子は自分の出番になるまでサンドイッチをかじっていたので、そのはずみで、サンドイッチがマリアとヨセフのほうに飛び、ふたりはぎょっとして、イエスさま役の人形におおいかぶさってしまった。するとからし入りパンがヨセフの顔にあたり、それがすべって靴《くつ》に飛びちり、同時にジューシーなハムとパンがまぶねの中の人形の上にまともに落ちた。

それでもアーロンはマイク代わりのコーンドッグの棒に向かってしゃべっていたけど、すばやくアドリブでナレーションを入れた。しかもわざと重々しい口調《くちょう》で、「マリアとヨセフは、布《ぬの》にくるまれた赤《あか》ん坊《ぼう》がお腹をすかせているとわかったので、ハムをのせた黒パンを赤ん坊に食べさせました」といったので、みんなは吹きだした。もちろんウィンブルさんは別だけど。

第9章

ええ、……サンタクロースはちゃんといますよ。
よかったですね！　サンタクロースは生きています。
いまも、これからもずっと。
千年も万年も、子どもたちの心を喜びで包んでくれるでしょう。

——フランシス・ファーセラス・チャーチ、ニューヨーク・サン新聞論説委員。
「ニューヨーク・サン新聞」一八九七年九月二十一日社説より。

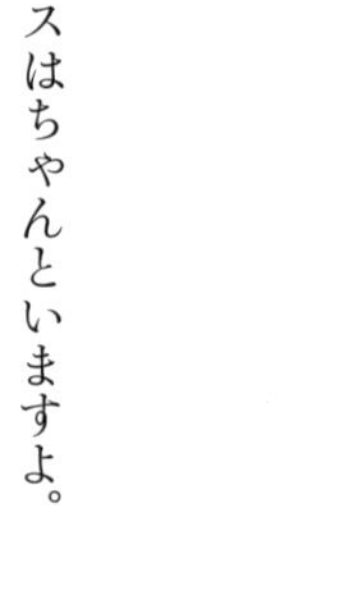

クリスマスイブまであとたったの一週間となったとき、ぼくらが病院ですごす残りの時間はほとんど劇《げき》の練習にあてた。少なくとも、幸い劇に参加できることになったカトリーナとマドゥーとアーロンはそうだった。そのあいだぼくはなにかほかにやることを

見つけなくちゃいけなくなった。リハーサルがはじまる時間になると、ぼくはすぐにウィンブルさんに情《なさ》けようしゃなく部屋《へや》から追いだされたからだ。

「モー、悪いけど、まだ劇がぜーんぜん仕上がっていないから、そのあいだみんなの気が散らないようにしなくちゃいけないのよ」とウィンブルさんはいった。

友だちといっしょにいられないのは悲しいけど、それよりもリンと離《はな》れるのが悲しかった。ぼくが見ていないと思ったときだろう。リンが何度かぼくのほうをチラチラ見ているのに気づいていたからだ。そう、ウィンブルさんに勇ましく立ち向かっていった、あのきれいな女の子だ。だからほんの少しでもいいから、あの子をぽおっとながめていたかった。

お兄ちゃんと病院を訪《おとず》れるのもあと数回となったとき、いつもの仲間たちが劇の練習をしているあいだ、ぼくはその時間を、ぼくと同じようになんらかの理由で劇に参加しない子どもたちともっと親しくなることにした。ティモシーはそのひとりだった。

十二月二十二日の夜、ティモシーの病室へ行ったとき、ぼくはほんのちょっとおしゃべりをするつもりだったのに、その夜はずっとふたりでいっしょにすごすことになった。

ドアを開けたまま手で押《お》さえて、病室の中をのぞくと、ティモシーはベッドの上に起き上がって、テレビのクリスマス特別番組のアニメを見ていた。

「こんばんは、ティム！　入ってもいい？」

「いいとも！　サンタのお手伝いさん、調子はどう？」

「まあね、いいよ」

ちょうどそのとき、みんなのよく知っているエア・ジャマ・ロード・ラマのコマーシャルがはじまったので、ぼくらはいっしょにテーマソングを歌いはじめた。

「ねえ、きみはまだクリスマスにあの車が欲《ほ》しい？」コマーシャルが終わると、ティムは興奮《こうふん》してぼくにたずねた。

「うん、まあね」とぼくはいった。

でもほんとうのことをいうと、病院の子どもたちのところに来るようになってから、ぼくはあの車のことはあまり考えたことがなかった。ほかのことに気をとられていたので、クリスマスに欲しいもののことなんか思い出しもしなかった。リングル先生は「手伝ってくれたお礼にすてきなプレゼントをあげるよ」と約束してくれたけど、それさえ忘《わす》れていた。

「あのう、またサンタさんに会ったら、ぼくはまだやっぱりあの車が欲しいと伝えてね。あの車がカフェテリアの床《ゆか》をどんなに速く走るか、ぼく、見たくてたまんないんだ！」

「あのう、リングル先生にまた会ったらってこと？」ぼくは正確《せいかく》にいいなおした。

「そうだよ。リングル先生のことだよ。そう、サンタさんってこと。どっちだって同じだよ。モーラー、ぼく、まえにいったよ。ドクター・リングルがサンタクロースだって。ただのサンタクロースじゃないよ。ほんもののサンタクロース、クリス・クリングルだよ。ぼくにはわかるんだ」

「ティム」ぼくは慎重《しんちょう》にいった。「だって、先生の名前は、クリストファー・K・リングルだよ。クリス・クリングルじゃないよ。それにぼくは自分でもよくわからないんだ。サンタクロースがほんとうにいるって信じているのかどうか。だけどね、ティム。ほんもののサンタクロースがいるとしても、それがリングル先生だっていう証拠《しょうこ》があるの？リングル先生はサンタさんの条件《じょうけん》にぴったりってわけじゃないよ。だって先生は車椅子《いす》に乗ってるし、お医者さんだよ」

「あの先生だよ。ぜったいそうだよ。証拠はなんにもないよ。だけど目をこらしてよく見てたら、きっとなにか証拠が見つかるよ。どう思う?」

「きみはリングル先生がサンタクロースだってことを証明したいの? 先生のまわりをこそこそうろついてかぎまわるってこと? スパイみたいに?」

「まあ、そうだよ。そういうふうにいいたければ。毎年あの先生がどこへ行ってなにをしているか、そのほか調べられることはなんでもきちんと調べなくちゃ。たぶん二階の先生の診察室《しんさつしつ》にもぐりこめば、なにか手がかりが見つかるよ」

「さぁ、どうかなぁ。気をつけないと、いろいろ面倒《めんどう》なことになるよ」

口ではそういいながら、ぼくはもうティムの提案《ていあん》に乗るつもりになっていた。ぼくはのぞき見するのが大好きだし、得意なことのひとつだ。それにトラブルに巻《ま》きこまれたとしても、子どもにはよくあることだと思った。

「でも、もしかしたらおもしろいかもしれないね」ぼくはティムを見て、笑いながらいった。

「よかった!」ティムはベッドから飛びおりながらいった。「だいじょうぶだよ。あの先生がサンタクロースだってきっとわかるよ」
リングル先生をさぐればなにかわかるとはかぎらないけど、とにかくひまつぶしには
ハラハラドキドキしておもしろそうだと思った。ぼくらがまず立ちよったナースステー
ションには、劇のリハーサルでウィンブルさんの手伝いをしているクロウトンさんに代
わって、ドイルさんがいた。「あら、こんばんは。りっぱな紳士《しんし》がこんな夜にふたりで
お越《こ》しとは、なにかご用?」
「あのう……えっと……一階のリングル先生の更衣室《こういしつ》のロッカー、あのダイヤル錠《じょう》の
暗証番号を教えてくださいませんか」ぼくはおどおどしながらいった。「ぼくは……あ
のう、リングル先生のエルフのひとりです。子どもたちにわたすプレゼントがあの中に
入っているんです。リングル先生が置いていかれたんです。メモをもらったんですけど、
失くしてしまったので。ドイルさんはわかりますか」ぼくはウソをつくのは大きらいだ
けど、ほんとうのことをいったら、ぜったいに教えてもらえないとわかっていた。
「あら、そうなの?」ドイルさんは疑《うたが》っているような口調《くちょう》でいった。
「そうです。エルフさんのいうとおりです。ほんとうです」ティムもウソをついた。

でもおかげでうまくいった。

「いいわ、ここのファイルに書いてあるわ」ドイルさんは戸棚《とだな》を開けながらいった。「いつもはあなたたちに教えたりはしないけど、先生は町の外だし、ロッカーの中に先生のものはなにも入ってないはずだから。さあ、行ってらっしゃい。でも、もしだれかに聞かれたら、わたしの名前をいっちゃやだめよ。いい?」

「ありがとうございます!」ぼくはドイルさんからメモを受けとりながらいった。

一階におりていくと、リングル先生の大きなロッカーは見つかった。ぼくらが病院へやってきた最初の夜に、先生がアーロンとぼくのために確保《かくほ》しておいてくれた、二つの小さなロッカーのとなりにあった。ぼくが暗証番号を読みあげ、ティムがそのとおりにダイヤル錠を回すと、「カチッ」と音がして、ロッカーはさっと開いた。

おどろいたことに、中はドイルさんの予想とはちがって、からっぽじゃなかった。北極の「サンタクロース」あての手紙がぎっしりつまっていた。何千通というほどではないけど、何百通もある。手紙はみんな、扉《とびら》が開くと床《ゆか》に落ちてきた。

「ウォー、これを見て!」ティムがさけんだ。「手がかりが見つかったみたいだ。手紙は全国から来てるよ。もしリングル先生がほんとうにサンタさんじゃないなら、どうしてサンタさんあての手紙が先生のところへ来るの？」

「さあね。たしかにふしぎだけど、それが証拠にはならないよ。もっといろいろ見てまわって、ほかにも手がかりがないか調べようよ」

次にぼくらが向かったのは、二階のリングル先生の診察室だ。でもドアにはしっかりカギがかかっていた。ティムが必死になって何度か取っ手を強く引っぱったりねじったりしたけど、びくともしなかった。

「おーい、そこでなにをやってんだ？」

だれかに見つかったんだと思って、ぼくらはふたりともぎくっとしてふりかえった。どなりながら近づいてきたのは用務員《ようむいん》さんだった。トイレそうじをしていて廊下《ろうか》へ出てきたところ、リングル先生の診察室の外でうろちょろしているぼくらに気づいたのだ。

「いいえ、なにもしていません」その夜ぼくは二度目のウソをついた。「ちょっと友だちを探《さが》していたんです」

「そうかいなぁ？　なにもやってないと？　へえ！　きみらにはおいらの目が節穴《ふしあな》に

見えるのかいな?」そういって用務員さんはしゃがんで、ぼくの目をまっすぐ見た。その顔にはなんだか見覚えがあった。

「あのう、前にあなたに会ったことがありますか」ぼくはたずねた。

「いや、ないな」用務員さんはぼくの髪《かみ》の毛をくしゃくしゃにしながらいった。「きみに会ったことなんかあるわけないじゃん。さあさあ、ふたりとも、さっさとどっかへ行きな。面倒を起こすなよ。おいらはまた大事な仕事にもどらなくちゃな」そういって、用務員さんはふりかえり、そうじ用具の入った手押《てお》し車を指さした。

とたんにぼくは思い出した。やっぱり前に会ったことがある。

「商店街にいたエルフさんだ! 列のうしろで赤い紙をわたしていたエルフさん――ニューヨークに住んでいたという。そうでしょう?」

「あったり! おいらの変な顔を覚えていたのかな?」

「顔? いいえ、あなたはエルフの扮装《ふんそう》をしてないと、ぜんぜんちがって見えます。でも、おかしな話し方をする人だってことを覚えてたんです」

用務員さんはクスクス笑いながら立ち上がった。「それできみらはこの病院でなにをやってんだ？　病人じゃないだろう？」

「あのう、ぼくは病人です」ティモシーは快活《かいかつ》にいった。「名前はティムです。ぼくはがんです。この子はモー。モーはあなたと同じで、エルフです。この病院でサンタさんのお手伝いをしています」

「そうなのか　ティム？」用務員さんはにっこり笑って腰《こし》を曲げ、ティモシーの腕《うで》をかるくたたいた。「じゃ、三人とも特別な存在《そんざい》ってわけだよな。エルフがふたりに、とびきりゆかいな患者《かんじゃ》がひとり、おいら三人はまちがいなく大事な存在ってわけだ」

用務員さんはこんな話をしてくれた。名前はフランク。この病院で数か月前に治療《ちりょう》を受けた弟の治療費の足しに、ここで残業をしているのだという。弟はいまは元気になったけど、両親だけでは支払《しはら》いきれないほど治療費がかかった。そこで時間があるときは残業をし、給金はすべて病院に返している。勤務中《きんむちゅう》にリングル先生と知り合いになり、エルフとして商店街でサンタさんの手伝いをさせてもらえることになったそうだ。

フランクさんは自分のことをすっかり話し終えると、ぼくらにいった。「それじゃあもう一度いってくれ。こんどは正直にいうんだぞ。きみらふたりは、リングル先生の診察室の外でなにをやっていたんだ？　なんにもなきゃあ、こんないやなにおいのするところに、じっとしているはずもなかろうに」

ぼくはフランクさんに答える前に、ティムを見た。するとティムは「正直にいってもいいよ」というようにうなずいた。

「ほんとうは手がかりになるものを探していたんです。リングル先生がほんもののサンタさんかどうかを知りたくて。先生はサンタさんだとティムは思っています。でもぼくはほんとうにサンタクロースがいると信じているのかどうか、自分でもよくわからないんです」

「へえ、なるほど」フランクさんはいかにも物知り顔でいった。「認《みと》めたくはないけどよ、ティムのいうとおりだ。そう、おいらも子どものころは、サンタさんにおおぜい会ったけど、リングル先生のほかは、みんなほんものじゃないよ。そりゃほんとうだ。きみらがそうしたいんなら、おいらが先生の診察室に入れてやる。たぶんあそこにゃ、なんか証明できるもんがあるだろうよ。どうだ？」

ぼくらは喜んで中に入れてもらった。そして先生の持ち物を探した。フランクさんはリングル先生はほんもののサンタさんだといったけど、ぼくはまだ完全に納得《なっとく》していたわけではなかった。ティムはがんなので、フランクさんはティムを元気づけるためにそういったのかもしれないという気がしたのだ。

「これを見て」探しはじめて数分たったとき、茶色の紙袋《かみぶくろ》を上に持ちあげてティムがいった。

「おちびちゃん、それはなんだ?」

「トナカイのうんちと書いてあります」

ティムは袋を開けて、茶色の小さなつぶをひとつかみとりだした。

「ウゥー」ティムはうめき声をあげた。「ちょっとぐにょっとするよ」

「モー、きみはなんていったんだっけ? 証拠が必要だといったよな。それが証拠なのか。それともそりゃあなんだ?」フランクさんがにやにや笑いながら聞いた。

「トナカイのフンです! すごい」ぼくはそういって、これがサンタクロースの存在を示すものかもしれないと信じこもうとした。

調べた結果がどうだろうと、ぼくははずかしげもなくトナカイのフンに感動した。ぼくはほんもののトナカイのフンを見たことがなかった。こんなものを入れた袋をオフィスに置いたままにしておく人といえば、ぼくが思いつけるのはひとりしかいない。そう、サンタクロースだ。

「よかったな。じゃあ、ふたりとも、さっさと行くんだ。これでおいらも仕事にもどれる」フランクさんはそういって、またぼくらの髪の毛をくしゃくしゃにして、ぼくらをドアのほうへ追いやった。ティムは証拠品として、フンの入った袋を持って廊下に出た。

「メリークリスマス」ぼくらが急いでエレベータのほうへ向かっているとき、フランクさんが陽気にいった。

「メリークリスマス、フランクさん!」エレベータのドアが開くと、ティムが大きな声でいった。

「フランクさん、ありがとう! メリークリスマス!」ぼくもいった。

五階へもどってくると、ぼくらはトナカイのフンをもっとくわしく調べようと、いそいでティムの部屋へ向かった。とちゅうナースステーションのそばを通った。ドイルさんはもういなくて、劇のリハーサルを終えて、クロウトンさんが部屋にもどっていた。

クロウトンさんはぼくらに会いたがっていたようだ。

「あら、きみたち」ぼくらが近づくと、クロウトンさんはいった。「モー、ちょっと待って。きみにあげるものがあるの」

「ぼくに?」

「そうよ、きみとお兄さんのエルフにね」クロウトンさんは冷ややかな笑《え》みをうかべて、からかうような口調でいった。

「あのう、あとでもいいですか。ちょっと急いでるので」

「あら、そうなの? わたしたちがクリスマス・ページェントのリハーサルをしているとき、きみたちふたりはなにをしてたのよ?」

「それは、あのう、ちょっと……」

「ぼくらはリングル先生がほんもののサンタクロースだってことを証明しようと証拠を探してたんです」ティムが興奮をかくしきれないでいった。「それがうまくいったんです! 手がかりを見つけたんです。あのう、とにかくふたつ見つけました。これでもうまちがいないとは思うんですけど」そのときティムはフンを入れた袋を上に持ちあげていた。

「それならもうひとつ、わたしも手がかりをくわえてあげられそうよ。ぐうぜんだけど、今日《きょう》サンタさんから、そう、リングル先生から手紙が届《とど》いたのよ。モーとアーロンに。ほら、読んでごらんなさい」クロウトンさんはそういって、ぼくに手紙をわたした。

「ほら、やっぱり北極からだ!」ぼくの手の中にある手紙から、とにかくなにかをさぐろうと、ぼくの肩越《かたご》しにのぞいていたティムが、ぼくの耳もとで大きな声でいった。「北極の消印があるよ! これで証拠は十分だよ」

ティムのいうとおりだった。北極から来たことを示す消印がくっきりと赤インクで押してある。日づけは一九八〇年十二月十七日だ。

ちょうどそのとき、ウィンブルさんが体をくねくねさせながら両開きの格子戸《こうしど》をぬけて、ナースステーションに入ってきた。そしてぼくらが楽しそうにしているのを見て、すぐに近づいてきて、「なにかあったの?」と聞いた。するとクロウトンさんがくわしく説明した。ドクター・リングルがサンタクロースだということを、ぼくらがどうやって証明したかを話し、それからぼくらが見つけた証拠をみんな見せた。クロウトンさんはぼくらの話に完全に巻きこまれていたわけではないけど、ぼくらのためを思って協力してくれたのだ。

ウィンブルさんはあまり思いやりがない。

「まあ、おどろいたー。クロウトンさん、こんな感じやすい子どもに加担《かたん》して、こんなむちゃなことをさせるとは。この子たちはもうほんとうのことを知ってもいい年ごろなのにー。そうでしょうがー?」ウィンブルさんは皮肉っぽくいった。

「ウィンブルさん、おねがい、やめてください……」クロウトンさんが抗議《こうぎ》しても、ウィンブルさんは知らんぷり。

「さあ、きみたち、よーく聞くのよ。リングル先生がサンタクロースだと証明できる手がかりはなにひとつ見つかってないじゃない。いーい、きみーたち、あたしがちゃーんと説明してあげる。ロッカーのあの手紙? あれは郵便局長《ゆうびんきょくちょう》もどうしたらいいかわからないダイレクトメール。それをリングル先生は、先生が行っている慈善《じぜん》活動に使いたがってるの。きみーたちはトナカイのフンの入った袋を持ってるだと?」ぼくらがまだなんにも考えられないうちに、ウィンブルさんはさっと袋に手を伸《の》ばして、茶色のやわらかいつぶをつかむと、口にほうりこんでかみはじめた。

ウィンブルさんが固い部分をくちゃくちゃかみはじめたとたんに、ぼくは胃が飛びだしてきて、吐《は》いてしまいそうになった。でもウィンブルさんが意地悪な笑みをうかべたおかげだろう。すぐにもとの状態《じょうたい》にもどった。

「これはキャンディーよ！」ウィンブルさんはほくそ笑み、あざけるような口調でいった。「チョコレート・カバード・レーズン。あたしの大好物！」ウィンブルさんは口いっぱいにキャンディーをほおばったまま話すので、とけたチョコレートがくちびるばかりか、あごにまでたれている。「そこのその手紙のことは、さあ、もっとよーく消印を見てごらんよ」

封筒《ふうとう》はまだぼくの手の中にあったので、上にかざしてもう一度たしかめた。鮮明《せんめい》な消印を見たとたんに、ぼくは暗い気持ちになった。ほんとうのことを知ってがっかりしただけじゃない。ティムのことを思うと悲しくさえなってきた。ティムはほんとうにサンタさんがいると信じきっている。そしてサンタさんがリングル先生に扮しているのだと思っている。

「ティム」ぼくはティムをあまり落ちこませたくなくて、ゆっくりいった。「アラスカからだよ。ノースポール……アラスカ」

ティモシーは身を乗りだして、自分で消印をたしかめると、まゆをひそめた。それは北極点を示す「ノースポール」ではなくて、アラスカ州のフェアバンクスの近くにある「ノースポール」という町の消印だったからだ。

ウィンブルさんはさっきよりも満足そうに笑っている。幼《おさな》い子の希望と夢《ゆめ》をくだいたのをうれしがっているといってもいいくらいだった。

「そのとーり、アラースカからよ」ウィンブルさんはきっぱりいった。「リングル先生は毎年アラースカへ行ってらっしゃるの。フェアバンクスの郊外《こうがい》にある小さな陸軍基地《きち》の近くにね。この時期はそこで地元の子どもたちといろんなことをなさってるの。きみたちがみんなほんとうにサンタの住むノースポールがあると思っていたとはねー。近ごろはおとなが子どもにこんなことを信じこませようとするとは、ああ、ほんとうに悲しいね」

「もう、それくらいにしてくださいよ、ウィンブルさん」クロウトンさんが腹立《はらだ》たしそうにいった。「さあ、きみたちもあっちへ行って、遊んできなさい。こんなくだらない話はみんな忘《わす》れて。これからも自分たちの信じたいように信じればいいのよ」そういって、クロウトンさんはむりに笑ってくれたけど、もうぼくらは十分傷《じゅうぶんきず》ついていた。

ぼくらはティムの部屋にもどると、もうリングル先生のことは話さないことにした。少なくとも先生がサンタクロースだということについては。それよりももっと大切な話題を見つけた。ティムが家族のことを話してくれた。どうして毎日両親が朝と晩《ばん》にお見舞《みま》いにくるのか、いちばん上のお姉さんはどうやって学校中で単語のつづりがいちばんになったのか、去年は家族みんなでイエローストーン国立公園へ旅行したことなど、いろいろ話してくれた。ぼくはママとパパのこと、シャーウッドのわが家のこと、それからサッカーと野球が大好きだということを話した。

ティムも野球が大好きだけど、最近は入退院《にゅうたいいん》をくりかえしているので、あまりできないという。キャッチボールをしたくても、病室にはボールがない。そこでぼくたちはティムのドレッサーの引き出しにあったくつ下をぎゅっと丸めて、ボールをつくった。そして夕方はずっと病室で、キャッチボールをした。
今日の訪問はとっても楽しかった。

帰りの車の中でアーロンは、衣装《いしょう》を着けて行うクリスマス・ページェントの最終リハーサルで、最近起こったとんでもない失敗を、みんな話してくれた。それからマドゥーはまだイエスさまに贈《おく》るものを決めていないので、ウィンブルさんにはいまも頭痛《ずつう》のタネだということも話してくれた。マドゥーは「ほんとうにすてきなもの」を考えますと約束したのに、まだなんにも思いついていないという。
アーロンが目立った出来事をみんな話してくれたあと、次はぼくがティムの病室へ行ったこと、それからリングル先生からもらった手紙について話した。するとママが天井《てんじょう》のライトをつけてくれたので、ふたりで手紙を読むことができた。

「アーロンとモーへ
きみたちの働きぶりを聞いたよ。すばらしいことをいろいろしてくれてるんだってね。入院している子どもたちには、いっしょに時間をすごしてくれる人、とくにきみたちのような子どもが来てくれることがどんなに大切か、そのうちきみたちにもわかると思うよ。

モー、きみが八階で事故《じこ》にあったことを知って悲しく思っていたのだが、もうよくなっているのだろうね。こんど台車付きのベッドに乗るときは、用心するんだよ。いいかい、あのようなしかけはけが人を助けるためで、ヘルパーにけがをおわせるためじゃないんだよ。

わたしはいまアラスカの子どもセンターへ来て、すばらしいときをすごしている。空軍にいたころ、わたしはここでボランティアの仕事をはじめたのだが、それ以来ずっと続けているんだ。ここでは医療《いりょう》サービスがとても必要とされているのでね。とくに子どものための医療が。

わたしはクリスマスイブにはオレゴンへもどり、病院へはクリスマス・ページェントがはじまる時間にはつく予定だ。劇のあと、もう一度きみたちエルフにお手伝いをおねがいするよ。子どもたちにクリスマスプレゼントをわたすのを手伝ってほしいのだ。

もう一度、お礼をいうよ。いろいろ手伝ってくれてありがとう。きみたちはこの特別なシーズンにふさわしい贈りものをほんとうに得たってことだね。ではまた！

ドクター・クリストファー・K・リングル」

第10章

クリスマスイブは賛美歌《さんびか》の夜。
まるでショールのように体をすっぽり包んでくれる。
けれども温かく包んでくれるのは体よりも心。いつまでも消えることのない
メロディで、あなたの心をポカポカにし、満たしてもくれる。

――ベス・ストリーター・アルドリッチ
米国の作家、映画『美しき生涯』の原作者。

待ちに待ったクリスマス・ページェントは二階の大食堂で行われた。そのために大食堂は劇場《げきじょう》として使えるようにすっかりもよう替《が》えされ、観客席もステージもスポットライトもカーテンもきちんとそなえつけられていた。ぼくがママとパパといっしょに食堂

に入っていったとき、ウィンブルさんと舞台係《ぶたいがかり》は、ビッグショーの最後の準備《じゅんび》でいそがしくかけずりまわっているところだった。マドゥーとマドゥーの両親がぼくらに手をふってあいさつし、前列近くの空席に誘《さそ》ってくれた。

「イエスさまに持っていくものだけど、なににするかもう決めたの？」ぼくは席につくと、すぐにマドゥーに聞いた。

「ううん、まだ。そのことならまだ決まんないんだ」ぼくらはもうみんな慣《な》れっこになっているリズミカルなインドなまりで、マドゥーはいった。「でもいくつかいい考えはうかんだよ。ウィンブルさんにもらった木の箱《はこ》をイエスさまのそばに置くとき、中味がなにかをいわなくちゃいけないから、もう決めなくちゃいけないいんだけど」

ウィンブルさんといったとたんに、ウィンブルさんがぎくっとなって耳をそばだてた。そしてマドゥーの言葉を最後まで聞くと、少しもためらわず、さっとマドゥーに近づいてきた。

「ミスター・マドゥーカー・アンブリ、もうとっくに決めてなくちゃいけないのに！じゃあ、きみーの代わりにあたしがみんな決めるから。いーい、三人の正式な博士がそれぞれ贈《おく》りものについて話したら、マドゥー、きみはまぶねのそばに箱を置いて、「おおー、イエスさまー、イエスさまへの贈りものに、東方《とうほう》のわがふるさとから、貴重《きちょう》な宝石《ほうせき》、ダイヤモンドとー、真珠《しんじゅ》とー、ルビーを持ってまいりました」というのよ。きみはそれで終わり。それから騒《さわ》いだりしないで、うしろに下がってなさい。勝手にでっちあげた四番目の博士のことは、それですっかり忘《わす》れられるわ。いい、マドゥーカー、わかった？」

ウィンブルさんはごきげんななめだ。ゆったりと冷静に話ができるような気分ではなさそうだ。マドゥーは両親の前でウィンブルさんの命令をはねつけるほどばかじゃない。

「ハイ、わかりました、ウィンブルさん」マドゥーはていねいに答えた。

するとウィンブルさんは「よろしい」といったきり、くるっと向きを変えて、さっさとマドゥーのそばを離《はな》れた。そしてまた一心不乱《いっしんふらん》に降誕劇《こうたんげき》の前に行うショーの準備をはじめた。

「おやおや、あの看護師《かんごし》さんはやさしそうじゃないか」パパがからかうような口調《くちょう》でいった。

「そうね、まあ、やさしいかどうかしら」ママがいった。「あらっ、もう六時四十五分よ。アーロンとマドゥーはそろそろ衣装《いしょう》に着替《きが》えたほうがいいんじゃない。劇はあと十五分ではじまるわよ」

年上の男の子がふたりステージに出てきて、カーテンのうしろに消えた。それから十五分、ぼくは椅子《いす》にかけたまま、食堂へ入ってくる人たちを見ていた。ときどきこの何週間かのあいだに会った子が入ってくると、ぼくはけがをしていないほうの手をできるかぎりいっしょうけんめいにふった。ほとんどの子は着替えのためにステージのうしろに向かっていく。それから数分たったとき、初めてぼくはけがをしなきゃよかったのにとすごく悔《く》やんだ。観客席から見ていなくちゃいけないなんて。ぼくも劇に出られたらどんなによかったかと思った。

七時ちょうどに観客席は照明が落ちて、うす暗くなった。いよいよ余興《よきょう》のはじまりだ。すっかり準備ができると、ウィンブルさんはいちばん前の席について、照明をさらに暗くするように合図《あいず》した。ぼくはリハーサルを見ていたので、ナレーターのアーロンが牧《ぼく》師《し》さんの服を着て、最初に舞台に登場して劇がはじまるのを知っていた。

でもアーロンが出てこない。

観客はちょっとのあいだ静かにしていたけど、あちらでもこちらでもささやき声や「どうしたんだ?」という声があがりはじめた。そのあいだずっと、たった一つのスポットライトは、舞台のあちこちに向きを変えてはアーロンを探《さが》している。やっと、しかもちょうどいいときにカーテンが開いた。そしてアーロンがあらわれた。でもアーロンはマイクが待っているほうへは行かない。すぐに舞台の階段《かいだん》から下へおりて、急いでウィンブルさんにかけよった。

話し声は聞こえなかったけど、アーロンの顔色からとても重大なことを話しているのだとわかった。いっぽうウィンブルさんは、またくだらないことでいやな思いをさせられたかのようにむっとした表情《ひょうじょう》をした。そして、これも務《つと》めだからしかたがないといわんばかりの態度《たいど》で立ち上がると、向きを変えて、いかにも気乗りしないようすで、ぼくのほうへやってきた。

「モーラー」ウィンブルさんは腰《こし》をかがめて小さな声でいった。「きみはカトリーナ・バーロウと友だちよねー」

「はい、そうです」ぼくも小さな声で答えた。

「カトリーナがまだ来てないようだけど、ほかのエンジェルたちには見つけられないんだって。きみは友だちだから探しにいきたいんじゃないかと思って。あの子のためにこの劇を遅《おく》らせるわけにはいかないのよ。あの子の出番までに見つけられるといいけど。あの子がいなくても、あの子の紙袋《かみぶくろ》がなくても、ぜーんぜん問題はないけど」

「ありがとうございます」ぼくはそういったけど、なににお礼をいったのかほんとうはよくわからなかった。でもとにかくよかったという気がした。

ママとパパも「いいよ」といってくれたので、ぼくはずらっと並《なら》んだ椅子の列からぬけだすと、暗い中を手さぐりで廊下《ろうか》へ出て、それから出口の緑色の誘導灯《ゆうどうとう》のほうへ向かった。うしろのドアが閉まるときに、アーロンお兄ちゃんがナレーションをはじめ、クリスマス降誕劇のはじまりを伝えていた。

第11章

エンジェルはどこに住んでいるのか、
天空、中空、それとも惑星《わくせい》か、正確《せいかく》にはわかっていない。
エンジェルの住《す》み処《か》をわたしたちに知らせるのは、神の喜びではなかったのだろう。

——ヴォルテール（一六九四〜一七七八）
フランスの作家、哲学者、文学者、歴史家。

あまり時間がないと思いながら、ぼくは建物の向こうのはじのエレベータへ急いだ。
そしてエレベータで五階まで行き、廊下《ろうか》を通ってカトリーナの病室へ向かった。みんなは降誕劇《こうたんげき》を見に階下へ行っているからだろう。照明がいつもより暗くしてあるので、がらんとした廊下を歩いていると、ぼくはいっそうさびしく感じた。

廊下の先のドアに近づいたとき、暗がりの中から、赤と緑の明かりがゆれているのが見えた。カトリーナの病室のドアが少し開いていて、きらきら光る色がもれているのだ。

ぼくはそっとドアに手を触《ふ》れ、「カトリーナ」と小声でよびかけてから、ドアを大きく開けた。「カトリーナ、中にいるの？」

病室の中からもれていた明かりがなんだったのかがわかった。上から下までぴしっとサンタクロースの衣装《いしょう》を着こんだリングル先生が、みんなのよく知っているあのきらきら光る車椅子《いす》に乗って、病室の中にいたのだ。先生は窓《まど》ガラスにふりそそぐ雨を見ていたので、背中《せなか》がぼくのほうに向いていた。

「あの子はここにはいないよ」先生はゆっくりと車椅子を回しながらいった。「どこもかしこも探《さが》したんだけど、あの子は見つけられたくないのだろうね」

「でもぐずぐずしていたら、劇に出られなくなるんです！　カトリーナはエンジェル聖歌隊《せいかたい》のひとりで、これまで練習して歌ってきたのは劇に出るためなのに」

「それは残念だね。カトリーナにとってきみはほんとうにいい友だちだ。劇に出たあの子の姿《すがた》を見ることは、きみにはとても大事なことだ。そのためにきみは努力し、腕《うで》の骨《ほね》を折るはめにまでなったのだものね。だけどあの子が見つからないと、もうどうしようもないなぁ」

「あっ、そうだ！」ぼくは思わずさけんだ。

「そうって、なんのことだい？」リングル先生はきょとんとした顔をしていった。

「ぼくの腕です。カトリーナがどこにいるかわかりました！　先生、ぼくのあとから来てください！」ぼくは急いで廊下をあともどりし、建物の東のはじにある業務《ぎょうむ》用《よう》エレベータのほうへかけだした。先生も「そりのベル」を鳴らしながら猛《もう》スピードで追いかけてくる。先生がエレベータに乗りこむと、ぼくはいちばん上の八階のボタンを押《お》した。

エレベータが止まってドアが開いたとき、ぼくはあの夜の事故《じこ》の場所にもどっていた。階段《かいだん》の吹《ふ》きぬけへ向かって、なだらかなくだり坂になっている。下を見ると、カトリーナが紙袋《かみぶくろ》をかぶった頭を肩《かた》にもたせかけ、階段のいちばん上の段にいた。服は上から下まで真っ白で、背中から羽毛状《じょう》のつばさが突《つ》きでている。リングル先生とぼくはゆっくり近づいていった。

「カトリーナ、すごくすてきなエンジェルだね」ぼくは大きな声を出さなくても聞こえるくらい近づいてからいった。それでもカトリーナは返事もしなければ、体をびくともさせない。「もう劇がはじまるのに、ねえ、きみはどうしてここにいるの?」それでもまだ返事は返ってこない。

「カトリーナ、リングル先生が北極から帰ってこられたんだよ。先生もいまここにいるよ」

するとカトリーナは頭をあげ、ゆっくり首を回して、白い紙袋の穴《あな》から先生を見た。袋はもうかなりぼろぼろになっている。

「おかえりなさい、サンタさん」カトリーナはいった。その声で、カトリーナはぼくらが来るまで泣いていたのだとわかった。

「やあ、ただいま、カトリーナ。きみに会えなくてさみしかったよ」

「あたしも、先生に会えなくてさみしかった。先生にお礼をいいたかったの」

「なんのお礼だい?　おじょうちゃん」こんどは顔をほころばせて、リングル先生はいった。

「なんのことか、先生にはわかってるでしょう?」カトリーナは味もそっけもない声でいった。「クリスマスプレゼントのことよ——あたしが赤い紙に書いた」

「ああ、あれか！　どういたしまして。だけど、あれはきみが自分で手に入れたんだよ」

「先生、カトリーナにもうクリスマスプレゼントをあげたってことですか？」

こんどはぼくがきょとんとした顔をしていった。先生はずっと前から北極に行っていた。何週間もたって、いま初めてカトリーナに会ったのに。

「ある意味ではそうだ。ある意味ではね。だけどいま問題なのは、クリスマスプレゼントのことではない。劇にもどってきてくれるようカトリーナと話をすることだ。とくに大切なエンジェルがいなくて、みんな困《こま》ってるそうだよ」

「あたし、行かない。あたし、歌えない」

「どうして、カトリーナ？　リハーサルではあんなにじょうずに歌ってたのに！」

カトリーナは向きを変え、やっとあの大きな緑色の目でぼくをまともに見ていった。

「モー、リハーサルとはちがうわ。ここの子どもたちは、頭に紙袋をかぶってる変な子を見ても慣《な》れっこになってるけど、劇を見にきた人の中には、あたしが舞台《ぶたい》に出たら、笑う人がたくさんいるはずよ。ふざけてるんじゃないかと思われちゃう。あたし、笑われたくない。笑われたくないのよ。ひとりでいたいの。そうすれば、だれにも笑われないですむわ」

「だれも笑ったりしないよ」ぼくはカトリーナに同情《どうじょう》していった。でもぼくはカトリーナのいってることがわからないほどばかじゃない。人はいつだってわけがわからないときに笑うものだ。

「みんな笑うわよ。モーだって、わかってるくせに。あたしはひどい顔なんだから、袋をかぶらなくちゃ舞台に出られない。かぶらずに出たら、お客さんたちは肝《きも》を冷やすわ。だからって袋をかぶって出れば、笑われるに決まってる」

「きみの顔、変じゃないよ」

「どうしてあんたにわかるのよ。見たこともないくせに」

「一度見たよ。この階段の下でぶつかったあとに。下へころがり落ちるとき、袋が取れたんだ。ぼくが気を失うちょっと前、きみはぼくを見おろして立っていた。カトリーナ、きみの顔はひどくないよ」

カトリーナは顔をあげて、いまのぼくの言葉が本音《ほんね》かどうかをさぐろうとするかのように、ぼくの目をじっと見つめた。

「きみはきれいだよ。病気になっただけだ。それだけのことだよ。ぼくの目には、たいていの子より、うんときれいに見えたよ。だから他人がどう思おうと、なんといおうと、ぜんぜん問題じゃないよ。そうだろう？」

カトリーナはなにもいわなかったけど、目を見ると、ぼくがいまいったことが大切なことかどうかを考えているのだとわかった。

「でも……」カトリーナは言葉につまっているのを知られないようにやっといった。「だからってなによ？　あんたがそう思わないからって、あたしがそうじゃないってことにはならないわ。袋をかぶらないで舞台に出るつもりはないわ。かぶっても出ない。終わるまで、あたし、ここにすわってる。それにこの二、三日、とっても頭が痛《いた》くて、そんな気になれない」

カトリーナが頭が痛いといったとき、リングル先生は心配そうな顔をしたけど、なにもいわなかったので、それからしばらくぼくらは静かにすわっていた。

「カト、袋をかぶってるのがきみひとりじゃないなら、舞台に出てくれる？」とうとうぼくがいった。

「どういうこと？」

「いまいったとおりだよ。袋をかぶってるのがきみひとりじゃなくて、みんながかぶってればいいってことだよね？」

「ええ、……まあ、そうだけど。どうして？」

「よかった！　リングル先生、カトリーナを舞台までつれていってくれますか。十分後に舞台裏《うら》で会いましょう」

「だけど、モー！」ぼくが全速力でかけだしたとき、カトリーナがさけんだ。「モー、待って！　なにをするつもりよ？」

ぼくはそれに答えてる時間はなかった。カトリーナがその気になったのなら、一刻《いっこく》もぐずぐずしてはいられない。

第12章

ただひとつの天賦《てんぷ》の才《さい》、それは神があなたに与《あた》えしものである。

――ラルフ・ウォルドー・エマソン（一八〇三～一八八二）

米国の思想家、詩人、哲学者、エッセイスト。
代表作『自然論』、『偉人論』、『エッセイ集』など。

やっとぼくが裏口《うらぐち》のドアからそっと食堂へ入っていったときには、舞台《ぶたい》のそでに羊飼《か》いと羊が一列に並《なら》んでいた。エンジェルの出番までもうあまり時間がないということだ。カトリーナの姿《すがた》もリングル先生の姿も見えないけど、エンジェルたちはクリスマスクッキーの大皿やポンチのまわりをぶらぶらしながら、大舞台への出番を待って

いた。

「こんにちは」ぼくはほっと一息ついてからいった。

「こんにちは」巻き毛《まきげ》の女の子がいった。たしかこの前、カトリーナの気持ちを傷《きず》つけるようなことをいった子だ。

「あんたはあの袋《ふくろ》をかぶった女の子の友だちだよね？　あの子は見つかった？」

「そんな言い方をするなよ！」ぼくはぴしっといった。「きみがそんなふうにいわれたらどう思う？　ちゃんとした名前があるんだ。カトリーナだよ」

「ごめんなさい」女の子の口調《くちょう》は心からそういってるように思えた。「そんなふうにいわれたら、あたしだっていい気持ちはしない。ねぇ、カトリーナは見つかったの？　みんなすごく心配してたのよ……ほんとうに」

「見つかったよ。だけど、ちょっと不安で、舞台には出たくないんだって。カトリーナはどうしたらいいか、とまどってるんだ。それでみんなに協力してもらいたいんだけど」

ぼくはできるだけ手短に、でもマドゥーのようにはっきりと、しかも早口で、エンジェルたちにカトリーナのことを話した。病気のこと、母親のこと、最近おじいさんを亡《な》くしたこと、それからみんなにからかわれたり、「袋をかぶった子」といわれるのが、カトリーナにはどんなにつらいかなど、思いつくかぎりのことを話した。そして病院中で見つけたクリスマスプレゼントの紙袋を見せてから、みんなにたのんだ。「きみたちも舞台に出るときは、カトリーナのように、みんな頭に袋をかぶってもらいたいんだ。そうすればカトリーナが目立たないから」

びっくりぎょうてん。奇跡《きせき》はいつだって起こるものだ。なんとだれひとり少しもためらわず、ぼくの案にすぐに賛成《さんせい》してくれた。

ぼくらはみんな大急ぎで紙袋に目と口の穴《あな》を開けた。大きい子たちが自分で穴を開けているとき、ぼくは小さい子たちを手伝った。巻き毛のあの子でさえも、ほんとうにうれしそうにして袋をかぶった。ぼくの名前を呼《よ》ぶ声が聞こえたとき、ぼくは小さな男の子の頭に、最後の袋をかぶせているところだった。

「モー?」カトリーナだった。声のするほうを向くと、カトリーナがリングル先生のそばに立っていた。先生はきらきら光るあの車椅子《いす》に乗ってじっとしている。そしてなぜか先生の赤みがかった頬《ほほ》には、大つぶの涙《なみだ》がこぼれていた。あのころのぼくはほんとうに幼《おさな》く鈍感《どんかん》だったので、先生がどうして涙を流しているのかわからなかった。

「なにをしてるの？」カトリーナがたずねた。

「なんにも。ぼくは……あのう、ちょっと……」なんていったらいいかわからなくて口ごもった。「きみはいっただろう？　袋をかぶってるのがあたしひとりじゃなければ、劇《げき》に出てもいいって。そうだよね？　どう？」

カトリーナはなにもいわない。もしかしたらカトリーナはくるっと向きを変えて、さっさと逃《に》げだしてしまうんじゃないかと思った。たしかにぼくの予想は当たらずとも遠からずだった。カトリーナは逃げだした。でもいちばん近い出口へは行かず、ぼくのほうへさっとかけよってきた。そしてぼくの首に腕《うで》をまわして、ぼくをぎゅっと抱《だ》きしめたので、ぼくは押《お》したおされそうになった。

だけど、それはほんのいっしゅんのこと。

「ぐずぐずしてると、舞台に出る機会をのがすことになるわよ」背《せ》の高いエンジェルのひとりがいった。みんな紙袋をかぶっているので、ぼくにはもうだれがだれかわからない。

スピーカーから流れてくるアーロンの声を聞くと、エンジェルたちはとたんに静かになった。

「もう一度くりかえします！」アーロンはスピーカーに静電気が起こるほど、声を張《は》りあげている。「すると、たちまち、その御使《みつか》いといっしょに、多くの天の軍勢《ぐんぜい》があらわれて、神を賛美《さんび》して言った。〔いと高き所に、栄光《えいこう》が、神にあるように。地の上に、平和が、御心《みこころ》にかなう人々にあるように〕そのとき……エンジェルたちがやってきました！」エンジェルが早くあらわれますようにとアーロンはねがいながら、時間かせぎをしていた。

「さあ、みんな行こう！」カトリーナがそういって、先頭に立った。それからふいに立ちどまって、うしろをふりむき、「モー、あんたもいっしょに来て。もう一個《こ》あそこに袋があるから」といった。

みんなはカトリーナのうしろで待っている。そのあいだナレーターは必死で時間を引きのばそうと、死にものぐるいになっている。

「モー、おねがい！　あたしたちのなかのだれかがエンジェルだとすれば、それはモーだもの」

ぼくはなんていったらいいかわからなかった。劇に出てはいけないとお医者さんにはっきりいわれているからだ。でもみんなといっしょに出たくなった。

「いいよ」ぼくはいかにもいやそうにいった。「おねがいだから、出てくれっていうのなら。ぼくの腕をねんざさせたのはきみなんだから」

「いまさらなにいってんのよ?」カトリーナはクスクス笑いながらいった。「おねがいって、最初にいったのはあたしよ」

ぼくは一個あまっていた袋をさっと頭にかぶせると、最前列にかけていって、カトリーナの横に並《なら》んだ。それからみんなで急いで舞台に出ていった。ぼくらの姿があらわれると、すぐに音楽がはじまった。そしてぼくらが舞台の中央の位置につくと、エンジェルたちはみんな歌いはじめた。ぼくは歌詞《かし》がわからなかったので、ただ口をぱくぱくさせていた。

ウィンブルさんはぼくらを見ると、天国まで飛びあがりそうなほどおどろいた。遅《おく》れてきたエンジェルたちはどうして袋をかぶっているのか、腕にギプスをつけている男の子は、どうしてエンジェルのつばさをつけていなくて、フランネルの赤いシャツにジーパン姿なのか、観客はだれもがさぐるような目でぼくらをじろじろ見ては、ヒソヒソ話をしたり、クスクス笑ったりしている。

ぼくらがみんなすり足で位置についたとき、ぼくはウィンブルさんのほうをちらっと見ただけだ。それでもぼくらはみんなあとで聖書《せいしょ》の言葉をいわされるだけではすまないだろうとわかった。エンジェルたちは「荒野《あらの》の果てに」と「天《あめ》には栄え」、それから「もろびとこぞりて」など、きびきびしたクリスマスキャロルを何曲か歌ったあと、最後のシーンに移《うつ》れるように舞台のそで近くまで移動《いどう》した。

マリアが生まれたばかりのイエスさまを抱いて、ぼくが一度も聞いたことのない「マリアの子守歌」を歌っているとき、ぼくは椅子にかけてじっと見ていた。メロディの美しい曲で、歌っているのはリンだった。「カトリーナを参加させないなら、わたしも劇に出ない」といったあの女の子だ。リンの声は声そのものがメロディだった。すみきっていて、子守歌にぴったりだった。ウィンブルさんがどうしてリンの要求をすんなり受けいれたのか合点《がてん》がいった。

リンの歌が終わると、イエスさまの降誕《こうたん》のシーンには登場しないはずの羊飼いたちがイエスさまを見にやってきた。それから舞台の全員が羊飼いといっしょになって、「飼いばのおけにすやすやと」を歌った。そのあいだカトリーナは背伸《せの》びして、ぼくの腕をぎゅっとにぎっていた。「すべての子どもを神のやさしい愛で包み、神の御国《みくに》でともに住まわせてください」と歌っているとき、カトリーナは泣いていたのかもしれない。

百パーセントたしかとはいえないけど、ぼくもあのとき、ぼくよりもずっと先に天国を見ることになるカトリーナや、ほかの子どもたちのことを考えて泣いていたのかもしれない。

クリスマス・ページェントの最後の歌のひとつは、東方《とうほう》の三博士の歌、「われらはきたりぬ」だった。やせほそった四番目の博士、マドゥーがほっそりした頭に、金色と紫色《むらさきいろ》のかんむりをちょっとななめにかぶって、顔中で明るくにこやかに笑い、低くて重々しい声で歌いながら舞台に出てきたとき、ぼくは思わず吹《ふ》きだしてしまった。この歌は三人の博士の歌だ。四人の博士の歌ではない。だからウィンブルさんは、最初マドゥーを博士にくわえることに強く反対したのだろう。歌の終わりに、博士はヨセフとマリアと生まれたばかりの赤ちゃんイエスさまの前でおじぎをして、贈《おく》りものをさしだす。博士たちの中でいちばん背の高い革《かわ》の小袋を持った博士がまずあいさつをした。「わたしが持ってきたのは、イエスさまにふさわしい贈りもの、黄金《おうごん》です」

次に二番目の博士が前に進みでて、一礼した。「わたしも君主、イエスさまにふさわしいものを持ってきました。東方のわたしの国の乳香《にゅうこう》です」そういって二番目の博士はうしろに下がって、三番目の博士がまぶねに近づけるようにした。

「わたしはわが国でもっとも高価《こうか》な贈りものである没薬《もつやく》を持って、はるか遠い国から救《すく》い主《ぬし》に会いにまいりました」この博士に扮《ふん》したのは女の子で、ちょっと目立つけど、変だとは思わなかった。

次はマドゥーが前に進みでて、贈りものをさしだす番だ。でもなぜかマドゥーはまったくなんにもしない。木の箱を持ったまま、身動きもしないで、まぶねの中に横になっている赤ちゃんをじっと見つめている。そこで三番目の博士がマドゥーを二、三歩うしろへ下がらせて、マドゥーのあばら骨《ぼね》をこづいた。するとマドゥーはちょっとびくっとして、われに返った。でもまぶねに近づいてはいかないで、くるっと向きを変えて、観客のほうを向いた。

「ぼくも東方から来ました」マドゥーはいった。

ぼくはマドゥーがあんなにゆっくり話すのを、それまで一度も聞いたことがなかった。一語一語をはっきりと、しかも考えながらしゃべる。

「ぼくはインドで生まれました。みなさんの宗教《しゅうきょう》のことはあまり知りません。この赤ちゃんが救い主かどうか、ぼくにはわかりません。でも本で読んだかぎりでは、この赤ちゃんはたしかに偉大《いだい》な預言者《よげんしゃ》です。多くの人びとからまさに神の子としてうやまわれるでしょう」

マドゥーが話しているとき、観客席はまるで水を打ったようにしんと静まりかえった。エンジェルたちがみんな集まっているぼくのところから、ウィンブルさんが座席《ざせき》で前かがみになって、真っ赤《まっか》になった顔を両手でおおうのが見えた。

「ぼくは聖書を読んで知りました。まぶねの中で生まれたこの赤ちゃんが大きくなったとき、どんなことをし、どんなことを教えるか。たしかにこの赤ちゃんは生まれたときから偉大な人物になると決まっていて、世界でいちばんすばらしい贈りものを受けるのにふさわしい赤ちゃんです。でも」そこでマドゥーはちょっと口をつぐんで、数秒間、その言葉を空中にただよわせていた。「ぼくにはこの赤ちゃんにさしあげられるような贈りものがありません」

そういってマドゥーがなにも入っていない箱を開けると、部屋中《へやじゅう》のだれもがいっせいにはっと息をのんだ。するとマドゥーはまた話しはじめた。

「いつの日か、この赤ちゃんは自分についてくる人々に、こんなことをいうでしょう。わたしを愛するなら、わたしの戒《いまし》めを守りなさいと。それではなにを守れといわれたのでしょう？〔わたしがあなたがたを愛したように、あなたがたも互《たが》いに愛し合うこと、これがわたしの戒めです〕といわれました。もしこの赤ちゃんがほんとうに神さまの子どもなら、神さまの子どもが必要とするこの世の贈りものはありません。神さまは、黄金も、お金も望まれません。神さまが望まれるのは、ぼくらがほかの人たちを愛することです。だからそれが、神の子にささげるぼくの贈りものです。ぼくはこれまで以上にどんな人も愛するように心がけます。姿、形がどうであろうと、どんな人も」そういって、マドゥーはちょっと左を向き、きちんとカトリーナの顔を見て、ほほえんだ。それからまた話を続けた。「ぼくらはみんなちがっています。でもちがっているのはほんの少しです。共通点がたくさんあります。ぼくはちがいには目をつぶり、共通点に目を向けるようにしようと思います」

マドゥーの目じりから涙が一滴ぽろっとこぼれて、頬をつたった。マドゥーはまたくるっと向きを変えて赤ちゃんのほうを向き、まぶねの足もとにきちんとひざまずいて、からっぽの箱を置いた。

「これはちっぽけな贈りものだということはわかっています。でもぼくがイエス・キリストにささげられるのはこれしかありません」

マドゥーの即興《そっきょう》の説教のあと、どんなふうに続ければいいのかわからないまま、アーロンが台本をわきにかかえて、舞台のいちばん前に出てきた。観客はだれひとりしゃべらない。とうとうアーロンはほんの少しマイクのそばに近よった。でも気があせるばかりで、言葉が見つからない――なにひとつ。

「うう……」やっとアーロンはしゃべりはじめた。「こうして博士はみんなイエスさまにそれぞれちがう贈りものを持ってきました。そして……あのう、博士の中には……うう――……ほかの博士よりも賢《かしこ》い……」

とそのとき、ぼくは手をぐっと引っぱられた。カトリーナが前に一歩出て、ぼくの手を引っぱっていたのだ。

「なにをするつもり？」ぼくは紙袋の下から小さな声でいった。するとカトリーナはなにもいわないで、そのままぼくを引っぱって舞台を横切り、まぶねのほうへ歩いていく。アーロンはぼくらが歩いていくのを見て、即興のナレーションを入れた。「するとそのとき、とつぜんわがままなふたりのエンジェルがイエスさまを訪《たず》ねて天からおりてきました」

観客は笑いころげていたけど、ウィンブルさんはもううんざりしていた。椅子から飛びあがって、大声でさけんだ。

「あなたたちエンジェルは、いったいなにをしてるのよ？　練習とちがうじゃない！」

「神さまはエンジェルたちをしかりつけ、すぐに天国へもどるようにいいました」アーロンがマイクに向かっていった。

こんどもウィンブルさんは観客ほどおもしろがらない。腰《こし》にぎゅっと手をあてて、「そんなナレーションはすぐにやめないと、ひどいめに合わせるわよ」というように、アーロンお兄ちゃんをにらみつけた。

でもカトリーナは、そんなことでおじけづいたりはしない。観客が落ち着くと、ぼくをそっとまぶねのほうへ引っぱっていき、そばまで来ると、考えぶかげにイエスさまを見おろした。カトリーナの緑色の目は、病院の毛布《もうふ》にしっかり包まれて干《ほ》し草《くさ》の中に横たわっている人形にそそがれていた。それからカトリーナはひとこともいわないで向きを変えると、ぼくの頭から紙袋を引っぱってはがした。袋がなくなると、すがすがしくて、気持ちがいいのはたしかだけど、カトリーナの気持ちがわからなかった。どうしてそんなことをするのか、いったいなにをしようとしているのか。ぼくがきょとんとしていると、カトリーナはひざまずいた。観客席は静まりかえり、みんながかたずをのんで舞台を見つめるなか、カトリーナはふるえる両手をゆっくり頭のところまであげた。そして、何か月ものあいだすっぽり顔をおおっていた、あの紙袋をとったのだ。

ぼくらふたりの上にスポットライトがあたるので、カトリーナの頭のなまなましい現実《げんじつ》をかくしようがない。大きな部屋のだれからも見える。髪《かみ》の毛はほとんどない。まるで刈《か》り株《かぶ》のように、ところどころに短い毛がぽつんぽつんとはえているだけだ。脳腫瘍《のうしゅよう》と治療《ちりょう》の副作用《ふくさよう》で、頭皮にしわがよったり、ひびができたりしている。また額《ひたい》のすぐ上には、肉眼《にくがん》で見える病変がある。たびかさなる手術《しゅじゅつ》による深い傷が、頭のてっぺんから首すじにまで伸びている。頭の形も少し変だ。片側《かたがわ》が丸く出《で》っ張《ば》っていて、ほかの部分はへこんでいる。ぶかっこうな頭皮の部分は、カトリーナが耐《た》えてきた多くのがん手術のあとをかくすために、皮膚《ひふ》が移植されている。でもカトリーナの皮膚の色にはぜんぜん合っていない。なかでもいちばん目立つのは、比較的《ひかくてき》新しくがんが進行したと思える部分だ。左耳のずっと上のほうから組織《そしき》がふくらんで、大きなこぶのようなものが突《つ》きでて、ほっそりした頬のやわらかい部分にたれている。

舞台の上でも観客席でも、小声で話をするものさえいない。みんなカトリーナをじっと見つめている。カトリーナは舞台のかたすみで白い紙袋をていねいに折って、それをまたふたつに折って小さくし、イエスさまの足もとにそっと置いた。それからイエスさまのそばにひざまずいたまま、またぼくのほうを見上げて、ぼくにしか聞こえないほどの小さな声でいった。「あたしにはイエスさまにあげるものがこれしかないの」そういって、カトリーナはゆっくり立ち上がり、ぼくの腕をまたとって、聖歌隊《せいかたい》のほうへ引っぱっていった。

そのしゅんかん、ぼくはカトリーナがいま行ったことはなにを意味するのだろうと考えた。カトリーナは、君主の中の君主、王の中の王であるイエスさまに、紙袋を一個あげただけなのだろうか。いや、ちがう。あの紙袋には、おそらくそれ以上の意味があるのだと思った。くたびれたあの紙袋は、カトリーナが持っているたったひとつの、しかもいちばん大切なものだったのだろう。だから救い主にささげる最高にすばらしい贈りものだったのかもしれない。あるいは自信をなくす原因《げんいん》になったあの傷を、それをいやす力のあるイエスさまの足もとにさらけだすことで、自負心をささげたのかもしれない。どちらにしてもカトリーナが払《はら》った犠牲《ぎせい》は、いうまでもないけど、ぼくには計り知れないほど大きなものだとわかった。

ぼくとカトリーナがゆっくりとまぶねから離《はな》れているとき、観客のひとりが歌いはじめた。聞き覚えのある南部なまりの女性《じょせい》の声だ。女性は声をつまらせ、いまにも消えてしまいそうなほど弱々しい声で歌っている。「きよしこのよる　星はひかり……」

目をあげて声のするほうを見ると、患者《かんじゃ》とエルフすべての悩《なや》みの種であるウィンブルさんが椅子の前に立ち、クリスマスキャロルを歌いながら、落ち着きを失わないように必死になっているのがよくわかった。やがてほかの人たちもひとり、またひとりと立ち上がって歌いはじめた。そしてぼくらがもとの場所にもどっていく前に、会場の全員がいっしょに歌っていた。

歌が進むにつれて、エンジェルたちはそれぞれカトリーナにならって紙袋をとりはじめた。そして涙でくしゃくしゃになった顔をあらわにした。

歌が終わると、スポットライトはカトリーナから、赤と緑の光が点滅《てんめつ》する車椅子のほうへ移っていった。車椅子は舞台を横切って、ゆっくりと進んでいく。サンタの服を着たリングル先生がマイクに向かっていく。アーロンは先生にマイクをわたそうと必死だ。

「クリスマスのほんとうの意味が忘《わす》れさられてしまった。クリスマスの精神《せいしん》は死んでしまった。そんなふうにいわれているのを聞いたことがあります」スコットランドなまりのリングル先生の太い声が会場中にひびいた。「今夜のクリスマス・ページェントは、そんなことはないということを教えてくれているのだと思います」そういってリングル先生は背を伸ばして、頭にかぶっていた赤と白の帽子《ぼうし》をとって、ひざの上に置いた。

「このことを心にとめて、これからの進行を少々変更《へんこう》したいと思います。そうでなければ、このかんぺきにすばらしいクリスマスイブを台無しにしてしまうでしょうから。この会場では子どもたちにクリスマスプレゼントをわたさないことにします。その代わり、今夜遅《おそ》くに、それぞれの部屋に届《とど》けます。みなさま、会場にお越《こ》しいただきほんとうにありがとうございました。メリークリスマス。そしてみなさまに神のお恵《めぐ》みがありますように！」

そのあと観客はしばらくカフェテリアの中を歩きまわって、「メリークリスマス」とあいさつをかわしたり、すばらしい劇を祝福しあったりしていた。ほんとうはだれも会場を去りたくなかったのだろう。キリストの降誕劇、そしてその劇で味わった感動の余《よ》韻《いん》にいつまでもひたっていたかったのだと思う。

この夜はだれもが、気むずかしやのウィンブルさんまでも、なにか特別なもの、なにかふしぎなものを感じたのだろう。といってもそれは魔法《まほう》のようにふしぎなものではなくて、これこそがクリスマスの真の精神だった。そしてそれがぼくらみんなの心の中に、よりよき人になりたい、すすんで分け合い、赦《ゆる》せる人になりたい、まわりのユニークな、あるいはさまざまな状況《じょうきょう》や環境《かんきょう》に置かれている人たちに手をさしのべたいという思いを植えつけた。

けれども、よきことにもかならず終わりはくる。とうとうぼくらは家へ帰らなくちゃいけなくなった。ぼくらは楽しいクリスマスを、そして新しい年が幸せでありますようにとねがって、できるかぎりおおぜいの子どもたちにサヨナラをいった。これでぼくらが病院でボランティア活動をする時間は正式には終わった。でもぼくらはまたすぐにもどってきて、ここで仲良くなった子どもたちを訪《たず》ねたいと思った。

とくにカトリーナはぼくらが帰っていくのを見て悲しそうだった。でも、ぼくとお兄ちゃんに抱きついて、「元気でね」といってくれた。「モー、ありがとう」ぼくらが去っていくとき、カトリーナはいった。ぼくはにっこり笑ってうなずいた。それからクリスマスを家族みんなでお祝いするために家へ帰っていった。

第13章

他人に喜びを与えれば、なぜかあなたに返ってくる。貧《まず》しい人や孤独《こどく》な人、悲しみを抱《いだ》いている人に温かい手をさしのべればのべるほど、あなたの心に喜びがあふれる。これはクリスマスにかぎったことではなくて、一年を通していえることである。

――ジョン・グリーンリーフ・ホイッティア（一八〇七～一八九二）

米国の詩人、奴隷廃止論者、クエーカー教徒。

わが家の外でけたたましく鳴りひびくサイレンの音を聞いたのは、クリスマスの朝、七時を少しすぎたときだった。パパとママはまだパジャマのまま、朝食のしたくをしていた。ツリーの下のプレゼントは、まだどれも開けてない。

台所の窓《まど》から外を見ると、リングル先生がオレンジと白の救急車《きゅうきゅうしゃ》の助手席から必死で手をふっていた。「リングル先生だよ！　早く、早く！　きっとなにか用事ができたんだ」ぼくは大声でさけんだ。

ぼくらが外に出ると、リングル先生はカトリーナの病状《びょうじょう》が夜のあいだに急激《きゅうげき》に悪くなったといった。「何日か前から頭が痛《いた》いとうったえていたんだが、それは頭の骨《ほね》が圧迫《あっぱく》されるからだ。先週、腫瘍《しゅよう》がどんどん大きくなって、それがいまほかのところをあちこちしめつけている。やがてこうなることは、わたしたちもわかっていたんだけど、それがいつかはわからなかった。モー、カトリーナがきみに会いたがっているのだが、もうあまり時間がないんだ」

四週間前のぼくなら、だれかに説明してもらわなければ、「もう時間がない」という意味がわからなかっただろう。でもあれから、ぼくはずいぶん成長した。先生のいいたいことがかんぺきにわかった。

カトリーナはもうすぐ死ぬのだ。

リングル先生がぼくを救急車に乗せて、すぐに病院へ引きかえしたいというと、パパもママも「いいよ」といってくれた。パパたちは着替《きが》えをすませてから、できるだけ早くワゴン車で病院へ行くという。

救急車はサイレンを鳴らし、回転灯をつけて、ものすごいスピードで病院へ向かった。クリスマスなので、とちゅう行きかう車も歩行者もほとんどいなくて助かった。交差点や赤信号も、ブレーキをふむこともなく、すいすい進んでいく。

病院へつき、リングル先生が運転手に手を貸《か》してもらって車椅子《いす》に乗ると、ぼくらは非常用《ひじょうよう》の入口から中へ入り、急いで五階へ向かった。そしてカトリーナの病室に近づくと、ゆっくり歩いた。カトリーナのドアの名札のすぐ下には、クレヨン書きの紙が画びょうでかるくとめてある。「E・D—12／79」。とくにはっきりとした理由があったわけではないけど、ぼくはぐっと背伸《せの》びして、掲示を下におろさなくちゃいけないような気になった。ぼくは画びょうを引きぬいて、リングル先生のあとからカトリーナの病室へ入っていった。

中では看護師《かんごし》さんがあわただしくベッドわきのモニターを調節していた。カトリーナの体には、心臓《しんぞう》がドキンドキンとするたびに光が点滅《てんめつ》する機械がつけられていた。また点滴装置《てんてきそうち》もつけられていて、前腕《ぜんわん》の大きな注射針《ちゅうしゃばり》から点滴を受けていた。カトリーナは見るからに苦しそうだったけど、ぼくを見ると、目が輝《かがや》いた。

「来てくれたのね！」カトリーナはかすかに笑《え》みをうかべ、弱々しい声でいった。

「もちろんだよ――ほかのところへ行きたくなんかないよ。メリークリスマス」ぼくはほかになんていったらいいかわからなかった。そのときドアからはがした紙を手に持っているのに気づいて、カトリーナにいった。「ほら、これを見て。きみはお医者さんたちに勝ったんだよ。まるまる一年」カトリーナは笑おうとするけど、痛《いた》みがひどいのだろう。笑うどころか顔をゆがめた。

「モー、あたしね、ありがとうっていいたくて、モーに来てもらいたかったの」

「昨日《きのう》の夜のこと？　あんなのたいしたことじゃないよ」

「そうじゃなくて、なにもかもよ。モーはサンタさんのお手伝いをして、あたしにクリスマスプレゼントをくれた。これまでのプレゼントとはくらべものにならないくらいすてきよ」

いつものことだけど、ぼくはちょっとまごついた。カトリーナへわたすプレゼントについては、ぜんぜんリングル先生の手伝いをしていない。先生にいわれていたのに、カトリーナからリストをもらってきてさえいない。

「でも、カト」ぼくは正直に説明した。「ぼくはなんにも手伝ってないよ。先生がきみになにをあげたか知らないけど、それは先生が自分でそうされたんだよ」

「ちがうわ。モーよ」カトリーナは小さな声でいった。カトリーナの息は声を出すたびに浅くなる。「あたし、モーになにかクリスマスプレゼントをしたい。たいしたもんじゃないけど、あたしのこと、忘《わす》れないでいてほしいの」

そういってカトリーナはベッドの横から下に手を伸《の》ばし、頭をあまり動かさないようにして、ちょう結びのリボンのついた木の箱を引っぱりあげた。前日のクリスマス・ページェントの晩《ばん》に、マドゥーが持っていた箱だ。

「開けてみて」カトリーナはベッドの向こうから箱を持ちあげて、ぼくの手の上に置いた。

箱のふたに手を触《ふ》れないうちに、ぼくの目から涙《なみだ》があふれてきた。くちびるはわなわなふるえ、指先はぶるぶるふるえている。ぼくはふたを持ちあげ、ゆっくり箱を開けた。

中にはすりきれた白い紙袋《かみぶくろ》がきれいにたたんであり、そばにくしゃくしゃに丸めた赤い紙がある。

ぼくはまず紙袋をとりだして、折り目を広げた。袋にはもう何度も目にした穴《あな》が三つある。ふたつは目で、もうひとつは口だ。

次に丸めた赤い紙をとりだした。二度目に病院を訪《おとず》れたときに、カトリーナから回《かい》収《しゅう》するはずだったプレゼントのリストだ。あのときカトリーナは「サンタさんにしか見せない」といった。また「どんな魔法《まほう》を使っても、サンタさんにもむりよ。あたしはぜったいあたしの欲《ほ》しいものをもらえないわ」ともいった。ぼくはくしゃくしゃの紙切れを外科医《げかい》のように注意して、ていねいに開いていった。紙の裏《うら》はすごくしわしわで、見慣《みな》れた横線がいっぱい引いてある。ぼくもあのときは、こんな横線に男の子ならだれもが知ってるおもちゃを必死になってぜんぶ書きこんだ。ぼくは紙を裏返して、あらためてタイトルを読んだ。いちばん上に「クリスマスに欲しいもの……」と太字で印刷されている。ぼくは涙をぬぐいながら、いちばん上の行に、カトリーナが書いたかんたんな言葉をいっしょうけんめい読みとった。「友だち」

「ありがとう、カト」ぼくはコートのそでで涙をふきながら、「こんなすてきなプレゼントをもらったのは初めてだよ」といった。そしてカトリーナを見ると、カトリーナはちょっと口もとをほころばせていた。目は閉じている。こんなにおだやかでうれしそうなカトリーナの顔を見たのは初めてだ。「カト？」返事がないので、頭をあげて、ベッドの横の心電図モニターを見ると、光の点滅が消えていた。

「カトリーナは逝《い》ってしまった」リングル先生が車椅子の向きを変えて、ぼくの肩《かた》をぎゅっとつかんだ。

「わかってます」とぼくはいった。カトリーナが亡《な》くなったのは悲しかった。でもカトリーナはもう苦しまなくてもいいし、これからはまたお母さんやおじいさんといっしょにいられるのだと思うとうれしかった。

カトリーナをじっと見つめてすわっているとき、ぼくの心のどこかでクリスマスの歌が呼《よ》びさまされた。ぼくは歌詞《かし》を思い出しながら、「飼《か》いばのおけにすやすやと」の一節をすぐにハミングしはじめた。

「すべての子どもを神のやさしい愛で包み、神の御国《みくに》でともに住まわせてください」

第14章

静かに、果《は》てしなく広がる天国の草原に、
ひとつ、またひとつと、静かに愛らしい星座《せいざ》の花を咲《さ》かせる
エンジェルのワスレナグサ。

——ヘンリー・ワーズワース・ロングフェロー（一八〇七～一八八二）
米国の詩人、代表作『ポール・リビアの騎行』、『人生讃歌』
『エヴァンジェリン』、『ハイワサの歌』など。

「おちびちゃん、今日《きょう》はクリスマスだというのに、ここでなにをするつもりだ?」病院の本館《ほんかん》ロビーで、ぼくがとなりにすわると、以前はニューヨークのブロンクスに住んでいたという用務員《ようむいん》のフランクさんがいった。

「ちょっと待ってるんです。両親が来るまで、ここにすわってなさいとリングル先生にいわれたので。今日友だちが亡《な》くなったので、お別れをいいにきたんです」

「五階のカトリーナ・Bのことかい？」

「カトリーナ・バーロウ。はい、そうです。フランクさんもカトリーナを知ってるんですか？」

「弟がここに入院してたとき紹介《しょうかい》してくれたんだけど、それ以来あんまり会っちゃいない。こんにちはといおうと思って病室へ行ったときや、それからトイレそうじに行ったときに会っただけだ。ところが今朝《けさ》リングル先生から電話があって、ここで会いたいっていわれたんだ。なんかカトリーナと関係があるらしいよ。どうやらきみもおいらもおんなじ用事でここにいるみたいだな」

フランクさんと話をするのはすごく楽しかった。フランクさんはちょっとおかしな話し方をするけど、親切だし、思いやりがある。でもぼくらのおしゃべりはパパとママがアーロンといっしょに正面《しょうめん》の入口からかけこんできたので、そこで中断《ちゅうだん》した。

「モー？　だいじょうぶ？」ママはぼくの顔を見るなりいった。

「うん、だいじょうぶだよ」ぼくはひざの上で木箱をゆすりながらいった。「……あのう、あの子は……カトリーナは二十分ほど前に死んじゃった」

ママもパパもぼくがカトリーナの死を冷静に受けとめているのを見てほっとしたようだけど、ぼくの友だちが亡くなったことはもちろん悲しく思った。

「ママ、リングル先生がね、二階へ来てほしいって。みんなをびっくりさせるものがあるんだって」

「おいらもいっしょに行っていいかな?」フランクさんがいった。「四、五分したら、おいらも上へ来てくれと先生にいわれてるんだ。なにか特別なクリスマスプレゼントのことだとかいってたよ」

ぼくのあとからみんなが五階へあがっていくと、リングル先生が車椅子《いす》に乗って、ナースステーションの横で待っていた。マドゥーの両親もいっしょだ。

「みなさん、今日はお越《こ》しいただいてありがとうございます。えっと、それではじめることにいたしましょう」リングル先生がいった。

「なにをはじめるんですか?」アーロンが聞いた。

「なにをだって？　えっ、プレゼントだ。とにかく今日はクリスマスだ。キリストの誕生日《たんじょうび》を祝うには、プレゼントをあげるのがいちばん。それ以上にすばらしい方法があるかい？　四人の博士たちがずっと昔にしたように」

「でもプレゼントは昨夜配ったんじゃないんですか？」ぼくがいった。

「もちろん、ほとんどは聖《セント》ニコラスさん自身が昨夜お配りになった。だけど特別な人に持っていく特別なプレゼントが少し残っているんだ。さあ、みなさん、わたしについてきてください」

リングル先生の笑顔《えがお》は、みんなをマドゥーの病室へ案内しているときもさっきと変わらなかった。

「ホーホーホー、メリークリスマス」リングル先生はノックもしないでドアを押《お》し開けながら、大声でいった。「今朝《けさ》はいい天気だが、マドゥー、気分はどうかね？」

「はい、元気です」マドゥーは少しもためらわずいった。「とっても気分がいいです。でもどうしてですか？　みんながぼくのところへ来るなんて」

「ちょっとしたクリスマスの贈《おく》りものを持ってきたんだが、きみは欲《ほ》しくないのかい?」

「あー、それは……あのう」マドゥーはちょっと顔を赤らめていった。「先生は昨夜ぼくのところへは来てくれなかったので、ぼくはプレゼントをもらえないんだと思ってました。ぼく、見たんです。先生がほかの部屋《へや》へはみんな行ってるのを」

「ああ、そうだね」リングル先生はため息をついた。「きみはクリスマスリストをやぶってごみ箱に捨《す》てたから、プレゼントはもうもらえないと思ってたのかね?」

マドゥーはおどろいて目をぱちくりさせた。「先生がどうして? どうしてぼくがあのリストをごみ箱に捨てたのを知ってるんですか」マドゥーはアーロンとぼくを見た。でもぼくらも知らなかった。

「いまの質問《しつもん》に答えてくれるかい、マドゥー?」先生はいった。

マドゥーはうなずいて、静かにいった。「はい、先生、そう思ってました」

「きみの宗教《しゅうきょう》はキリスト教ではないから、サンタさんはプレゼントを持ってきてくれないと思って、やぶりすてたのかい?」話をしているとき、先生の目はやさしくきらめいていた。

マドゥーはまたうなずいた。

「マドゥーカー、きみへのプレゼントが遅《おく》れて申しわけない。でも博士の中でもとびきり賢《かしこ》いきみに、特別な贈りものを持ってきたよ。サンタさんとサンタさんの特別な友だちのひとりからだ」

リングル先生はそういって、車椅子の背《せ》からぶらさげていた赤ワイン色のベルベットの袋《ふくろ》の中に手を突《つ》っこんで、赤い紙を引っぱりだした。もっと正確《せいかく》にいうと、それはまるでクロスワードパズルのように、何枚《なんまい》もの小さな紙切れをぜんぶテープでつなぎ合わせたものだ。

「あっ、ぼくのリストだ！」マドゥーがさけんだ。「先生がどうしてそれを持ってるんですか？」

「ホーホーホー、ちょっとしたクリスマスマジックだよ」リングル先生は大きな声でいった。

マドゥーがクリスマスリストになにを書いたのか見ようと、みんながまわりに集まった。小さくやぶりすてた紙切れをぜんぶ合わせてみても、なにが書いてあるのか読みとるのはむずかしい。最初に声に出して読んだのは、マドゥーのお父さんだった。

「ぼくがクリスマスに欲《ほ》しいのは……新しい肝臓《かんぞう》です。そうすればぼくはお母さんとお父さんといっしょにうちへ帰れます」

マドゥーのお母さんがすすり泣《な》いている。「リングル先生、こんなことをじょうだんでおっしゃっては困《こま》ります。与えられもしないのに、子どもの希望をますますかきたてるようなことをするなんて、ひどすぎます」お母さんは泣きながらいった。

「アンブリさん、まだほかにも聞いていただきたいことがあるのです」リングル先生はそういって、袋の中にもう一度手を入れて、もう一枚、紙切れをとりだした。こんどは白い紙で、きちんと折りたたんである。

「さあ、マドゥー、これはきみにあてた手紙だ。声に出して読んでくれるかい？」

マドゥーは先生の手から紙をとって、きれいに広げた。ページのいちばん上に、クレヨンで絵が描《か》いてある。小さな女の子の自画像《じがぞう》のようだ。長い髪《かみ》は茶色で美しく、目は明るい緑だ。また女の子にはまるでエンジェルのようなつばさがあって、歌を歌っているように見える。

マドゥーはせきばらいをして、ゆっくり読みはじめた。

「マッドフーさま

体の調子はどうですか？　あたしは元気よ。でもそうじゃないって、お医者さんたちはいってる。いまはクリスマスイブの夜遅《おそ》くよ。あたしの体には、いまいろんな器具がたくさんついてる。リングル先生によると、たぶんあたしは明日までには家へ帰って、これからずっと家族といっしょにいることになるって。

あたし、ごみ箱に捨ててあったきみのクリスマスリストを見つけたので、サンタさんにわたせるようにテープで張《は》り合わせたの。『わたしはサンタクロースじゃないよ』って、リングル先生はいってるけど、あたしにはわかるわ。先生はサンタさんよ。だってあたしがクリスマスに欲しかったものをちゃんとプレゼントしてくださったんだもん。マドゥー、それからモーとアーロンも、あたしの友だちになってくれてありがとう。あたしはとっても幸せだった！　マドゥー、きみも幸せになってほしいの。あたしはもうすぐ家族のところへ行くから、きみもうちへ帰れるわ。あたしの肝臓をマドゥーにあげてくださいって、お医者さんたちにたのんでおいたから。あたしはもういらないんだもの。あたしの肝臓はきみのためにちゃんと働いてくれると思う。これまであたしは肝臓の具合が悪かったことは一度もないんだから。

カトリーナ・バーロウ」

つらくもありうれしくもあり、みんなほろ苦い涙《なみだ》を流して泣いている。ひときわ激《はげ》しく泣いているマドゥーの両親に聞こえるように、リングル先生は声を張り上げた。

「いま研究室から結果が届《とど》いたところだ。マドゥー、カトリーナの肝臓はきみに適合《てきごう》しているようだ。カトリーナのおかげで、きみに移植《いしょく》できる肝臓が見つかった！　でも移植にはタイミングが重要だからね、今日の午後に処置《しょち》をすることにした。マドゥー、クリスマスに移植とは予定とちがうだろうけど、いいこともあるよ。新年にはよくなって家へ帰れるからね」

カトリーナの心の広いやさしい行為《こうい》に、それから、リングル先生のあくまでも子どもに手をさしのべようとする献身的《けんしんてき》な姿勢《しせい》に、だれもがおどろいた。リングル先生のような人はめったにいない。たとえいるとしても、それこそ魔法使《まほう》いだ。ぼくたちはみんなマドゥーを抱《だ》きしめた。すると先生は最後にもうひとつ聞いてほしいといった。

「さて、もうひとつ話しておきたいことがある」リングル先生はマドゥーのベッドの横にすわっているアーロンとぼくをじっと見つめていった。「わたしはきみたちふたりのエルフにいったね。病院でわたしの手伝いをしてくれたら、ふたりが欲しがっているものよりもはるかにすてきなものがもらえるからね、と。覚えているかい？」

アーロンもぼくもためらいながらうなずいた。マドゥーはいま興奮《こうふん》して胸《むね》をわくわくさせているのに、興《きょう》ざめするようなことをぼくらはいいたくなかった。それに子どもたちを見舞《みま》ったことで、ほうびをもらいたいとも思わなかった。

「リングル先生」アーロンが代表して話してくれた。「先生、ぼくらはなんにももらわなくていいです。もうおもちゃはいりません。ここでお手伝いできたことは、ぼくらが期待していた以上でした。それに、ぼくらはふたりともすてきな友だちができました。ほかに欲しいものなんて、なんにもありません」

「そうだね」リングル先生はやさしい声でいった。「ほんとうにもうこれ以上のものはないからね。じっさいきみたちは、わたしが望んでいたものをすべて受けとっている。わたしからきみたちにあげるものはもうなにもない。きみたちはボランティア活動や友情《ゆうじょう》によって、もうすでに自分で見つけたんだ。ふたりともよくやったね。ほんとうによくやった」

リングル先生は最後にぼくらみんなを抱きしめると、カバンからサンタの衣装《いしょう》をとりだした。そして腕《うで》と肩《かた》にコートをひっかけ、頭に赤と白の帽子《ぼうし》をかぶると、車椅子を動かして戸口に向かった。

「わたしはまたしばらく北へ行くが、きみたちがどうしているか、ときどき見にくるからね」リングル先生は車椅子を回して入口から外に出ながらいった。「ホ、ホ、ホー……おっとっと！　フランク、どうしてきみのことを忘《わす》れられよう。もうひとつ用事があったんだ」リングル先生はそういって、きらきら光る「そり」を回して、また部屋へもどってきた。そして近くの壁《かべ》に体をこわばらせて立っているフランクさんのそばへ行った。

「さあ、これはきみにだ。とびきりすばらしい用務員《ようむいん》にだよ。カトリーナも、バーロウ家の信託財産管理人《しんたくざいさんかんりにん》も、きみをほめていたよ」リングル先生はそういって、フランクさんに封《ふう》のしてある封筒《ふうとう》をわたした。「カトリーナもいってたよ。きみは弟のためにきつい仕事をほんとうによくがんばっている。しかもほかのだれもしてくれないのに、きみはカトリーナに笑顔《えがお》を向けてくれたそうだね。それだけでもこれを受けとるのにふさわしい人物だとみんないってたよ」

フランクさんは封筒を受けとって読みはじめたとたんに、頰《ほほ》の涙をぬぐわないではいられなくなった。

「ヨー、ホー、ホー。リングル先生!」フランクさんは信じられないというような顔をしてさけんだ。「こりゃ、ほんとうのことですかなぁ?」

封筒に入っていたのは、フランクさんの弟の未払《みばら》いの医療費《いりょうひ》の請求書《せいきゅうしょ》だ。ところが未払い額《がく》はゼロになっている。カトリーナの信託財産で、全額がすでに支払《しはら》われていたのだ。

「ほんとうだ」リングル先生はいった。「メリークリスマス、みなさんに神の恵《めぐ》みがありますように!」リングル先生はそういって、もう一度車椅子を回すと、急いで廊下《ろうか》に向かった。そして先生が閉まっていたドアをぐいと強く引っぱって開けたとき、ぼくはカトリーナがマドゥーにあてた手紙に書いていたことを思い出した。そうだ、リングル先生はサンタクロースだって、カトリーナは信じていた。廊下の先の病室にいるティモシーも、何度か同じことをいっていた。

「リングル先生、待ってください！」ぼくは椅子から飛びあがって、さっとドアへかけよった。「先生、先生がほんもののサンタさんだって、どうしておおぜいの人がいうんですか？」

ぼくはドアをぐいっと引っぱってさっと開けた。ドアがカチッと音をたてて閉まってから、ほんのちょっとあとだったのに、廊下にはだれもいなかった。がらんとしていた。先生がそんなに早くいなくなれるはずはないのに。でも廊下にいるのはぼくだけだった。なぜかはわからないけど、あのときクリストファー・K・リングル先生がぼくの視界《しかい》から完全に消えていたのはたしかだ。

ティモシーが病室から廊下に出てきた。「だれかを探《さが》してるの？」ティモシーがにやっと笑っていった。いかにもわかってるよといいたげな表情《ひょうじょう》だ。

「先生はここにいたのに、どこへ行ったのかなぁ？　きみの病室のそばを通る音がしなかった？」

「ううん、なんにも聞こえなかったよ。でもクリスマスマジックは、もともと音なんてしないよ。人間には聞こえないんだ——感じるだけだよ。なんとなくわかるんだ。そう、信じる心だよ。ウィンブルさんがなんていおうとかまわない。ぼくは信じる。リングル先生はサンタクロースだ」

「たぶん、そうだね」この二週間ぼくがこの目で見てきたクリスマスマジックをいろいろ考えると、ほんとうにそうだとぼくも思った。

アーロンも廊下に出てきて、ぼくの肩に手を置いて、「モー、たぶんモーのいってたことも正しいよ。サンタクロースはワイズガイだと思うよ」

「モー、ぼくね、クリスマスに新しいくつ下をもらったんだ。ぼくの部屋でキャッチボールしない？」ティムがいった。「それがいいね」とぼくはいった。

思ったとおり、それはすごく楽しかった。

エピローグ

わたしはクリスマスの精神《せいしん》に敬意《けいい》を表し、
一年中その精神を忘《わす》れないようにしようと思う。
――チャールズ・ディケンズ

人とはだれのことか、ぼくはいまも正確《せいかく》にはわかっていない。でも人はいう。楽しいとき、時間はあっという間《ま》にすぎると。この言葉が正しければ、一九八〇年からの年月は、パーティがずっと続いていたにちがいない。なぜならぼくはまたたく間に大人になり、妻子《さいし》のいる身になっていたのだから。あれ以来クリスマスが来てはすぎていった。どのクリスマスも人生でもっともすばらしい贈《おく》りものについて、なにかしら特別な思い出がある。しかしずっと以前、幼《おさな》いときに初めて体験したほんとうのクリスマスほど忘れられないクリスマスはない。

先週の木曜日は感謝祭《かんしゃさい》で、家族と楽しいときをすごしたが、翌日《よくじつ》はさらにいっそうすばらしい日になった。朝早く目をさますと、ぼくはクリスマスデコレーションをすべてとりだした。妻《つま》が収集《しゅうしゅう》している壊《こわ》れやすいデコレーションは、とくに気をつけてとりだした（妻のリンは子ども病院にかかって以来、まぶねの中のすばらしいキリスト像《ぞう》を集めている）。それからクリスマスの曲をすべてコンピューターに読みこんで、ビング・クロスビーのやさしい歌声を家中にひびかせた。

「ねえ、パパ、もっと音を小さくしてよ！」長男《ちょうなん》のトッドがリビングから大声でさけんでいる。「ぼくはここでフットボールの試合を見てるんだから」トッドはまだ十一歳《さい》だけど、パジャマ姿《すがた》のままで横になって、テレビに熱中するこつをちゃんと心得ている。台所ではぼくが入っていったとき、九歳の娘のガブリエル（愛称《あいしょう》ギャビー）は、残りものの七面鳥でせっせと朝食用のサンドイッチをつくっていた。カウンターの上にはクランベリーソースのかたまりやマヨネーズが飛びちっていた。また食料貯蔵室《ちょぞうしつ》から酸味《さんみ》のあるパンくずを引きずってきたあともついていた。

毎年なじみの光景だ。料理、ビング・クロスビー、フットボール……クリスマスシーズンがいよいよはじまったのだ！

「さぁ、みんな、上着を着て」ぼくはいった。「商店街へ行く時間だぞ。さあ、急ぐんだ。クリスマスの買物客が殺到《さっとう》しないうちに行きたいからな」

「どうしてあたしたちが行くの？」ギャビーが指にくっついたマヨネーズをなめながらいった。

「それはだな、今年のクリスマスになにが欲《ほ》しいか、サンタさんにいえるからだよ」

「でも、パパ。ぼくらはもうそんな子どもじゃないよ。そうだよね？」トッドがいかにも不満そうにいった。

「そんなことないよ。それにたしかな筋《すじ》から聞いたんだが、今年は商店街にこれまでとはまるっきりちがう新しいサンタさんが来るそうだ。おまえたちが見たこともないようなサンタさんだよ。サンタさんもおまえたちが来るのを待ってるんだ」

「どうしてぼくらを待ってるの？」トッドが聞いた。

「それはね」妻のリンが台所に入ってきて、みんなのそばに近づきながらいった。「そうね、パパとママの古くからの友だちだからってことかしら」

商店街へ行くのは思った以上に大変だったが、それはこの話とは関係ない。サンタクロースはトッドとギャビーにキャンディーケインと、住所を書いた細長い紙を一枚《まい》わたした。ふたりが子ども病院でエルフになるのは明日《あす》の夜が初めてだ。ぼくはいまから胸《むね》をわくわくさせている。ドクター・マドゥーカー・アンブリ、そう、あのマドゥーがいま、あの病院の医長をしていて、今年のクリスマス・ページェントには、いろいろな行事を予定しているそうだ。

商店街から帰ってくると、みんなでクリスマスの飾《かざ》りつけをはじめた。明かりやリースなど、家にあるクリスマスの飾りをみんな飾った。リンがさまざまなキリスト降誕《こうたん》シーンを再現《さいげん》するのにふさわしい安全な場所を見つけてくれたので、トッドとギャビーに交替《こうたい》で、いろんなベイビー・イエスさまのまわりにフィギュアを並《なら》べさせた。こうしてみんなでクリスマスツリーの飾りつけをしていたときだ。

「ねえ、パパ。穴《あな》の開《あ》いてる、あのくたびれた白い紙袋《かみぶくろ》のことをまた話してよ」とトッドがいった。わが家では毎年それをツリーのいちばん上に飾ることにしている。

「そうだな」ぼくは用心していった。「紙袋の話をするとなると、パパが初めて体験したほんとうのクリスマスについて、みんな話さなくてはいけないからな。最後までちゃんと聞いていられるか？」

「うん、もう一度聞きたいんだ」トッドはいった。わが家の習わしだもん。ギャビー、こっちへ来てすわれよ。パパが大事な紙袋の話をしてくれるから」

じゃ、はじめるぞ。あれは一九八〇年の感謝祭の翌日《よくじつ》だった。初めてほんとうの意味のクリスマスを体験することになった日だ。九歳のぼくはもちろんそれまでに何度もクリスマスを祝ったことはあった。だけどあの年のクリスマスは特別だ。とても重要《じゅうよう》な価値《かち》のある初めてのクリスマスだった。一年中クリスマスだったらいいのにと思わせられるクリスマスだった。人生の不完全な点について忘《わす》れさせてくれ、家族や友情《ゆうじょう》や、他の人のためになにかをすることなど、人生でもっとも大切なものに目を向けさせてくれるクリスマスだった。またぼくにとってあのときのクリスマスはまさに心を傾《かたむ》ける方向を定め、しっかり根づかせてくれた決定的なしゅんかんでもあった。

　多くのクリスマスの話がそうであるように、ぼくのクリスマスの話もサンタクロースのひざの上ではじまった。だけどごくありふれたサンタではなかった。またごくありふれたひざでもなかった。

訳者あとがき

本書を数ページ読んだとき、懐かしく思い出したのは子どものころに通った日曜学校でした。江戸中期から明治初期にかけての古い町並みがそのまま残り、国の重要伝統的建造物群保存地区に指定されているわたしの故郷では、わたしが子どものころは、教会以外で外国人を見かけることはありませんでした。また異国情緒を感じられるのは、とんがり帽子の赤い屋根のこの教会だけでした。子どものころから英米文学や文化にとても興味をもっていたわたしは、この教会が大好きで、クリスマスはここで楽しくすごしたものです。

いまは遠きにある故郷の町に思いを馳せながら、本書をさらに数ページ読みすすんだときには、すっとパソコンの前に移動していました。それからはいつの間にか本の世界に入りこみ、ときにはクスクス笑い、ときにはハラハラドキドキし、ときには涙をポロポロこぼしながら、ひたすらキーを打ち続けていました。

オレゴン州の小さな町で生まれ育った九歳のモーと、十一歳の兄のアーロン。ふたりは感謝祭の翌日からクリスマスまでのほぼ一か月、父の友人で、がん専門医のリングル先生が勤める子ども病院で、エルフとしてサンタさんの手伝いをすることになります。はじめはしぶしぶ引き受けたボランティア活動ですが、モーとアーロンは入院患者の子どもたちとの触れ合いを通して大きく成長し、立派なエルフになっていきます。そう、根治のむずかしいがんや難病で苦しむ子どもたちのよき話し相手、よき友だちとなっただけではありません。子どもたちにすばらしいプレゼントを運んできます。そして、ふたりもまた生涯忘れることのできないすばらしいプレゼントを手にすることになります。

本書の登場人物のなかで重要な役割を担うのがリングル先生、それからインドからの移民で、風習も違えば宗教も異なるけれど、つねに冷静に物事を判断する賢くてやさしい男の子マドゥー。紙袋をいつも頭にかぶっている孤独な女の子カトリーナ。カトリーナは現代医学では不治のがんにかかっていて、すでに余命を宣告されている身。マドゥーは肝臓がんで、移植のためのドナーがあらわれるのをひたすら待つ日々。さらにもうひとり、がん患者でありながら、いつも明るくて、無邪気で、リングル先生がほんもののサンタクロースだと信じて疑わないティム。そして、こうした子どもたちを取りかこむユニークな医師や看護師や用務員。

子どもたちにつねに寄り添って、肉体の治療だけでなく、精神のケアにも努めるリングル先生を軸に、入院患者とふたりの兄弟が子ども病院で織りなす人間模様は、悲しくもあり、心温まるものでもありました。本書を訳し終えたあとも、わたしは頬にこぼれた涙を拭うのも忘れ、しばらくぼーっとしていました。

これまでのわたしは、「クリスマスって、なあに?」と聞かれれば、「イエスさまの誕生を祝う日」と答えたでしょう。そう、辞書にもきちんと「キリストの降誕祭」と書いてあります。では、「どうしてクリスマスをお祝いするの?」、「どうしてクリスマスにはサンタクロースが家々をまわって、プレゼントを届けるの?」、「それにはどんな意味があるの?」と聞かれれば、さて、なんと答えたか。

本書のプロローグとエピローグはともに、英国の小説家チャールズ・ディケンズの言葉ではじまっています。ここに本書の著者の強調したいことが凝縮されているように感じました。

「子どものころの幻想を呼びさましてくれるハッピー、ハッピークリスマス。老人は若き日の喜びを思い起こさせられ、旅人は家庭の炉辺と静かな団欒の場に引きもどされるハッピー、ハッピークリスマス」そして、エピローグは同じくディケンズのこんな言葉ではじまっています。「わたしはクリスマスの精神に敬意を表し、一年中その精神を忘れないようにしようと思う」

本は世界の窓、そして心の窓。……小さな窓から外をながめると、そこにはたいてい見慣れた景色が見えますが、ときにはまったく未知の世界が広がっていて、窓を開ければ、生涯心に触れることのなかった風の色を感じることもあります。『こんにちはアグネス先生』という本の訳者あとがきで、わたしはそう書いたことがあります。本書の窓から、またひとつ、わたしはこれまで一度も肌に触れることのなかった風を、いまひしひしと感じております。

読者のみなさまはいかがだったでしょうか。なにかしら素敵な風を感じていただければ幸いです。

最後に、よきアドバイスをいただきました元宣教師のサンドラ・リヒティ氏、猛暑のなか丁寧に訳稿をチェックして編集作業にあたってくださいました担当編集者の藤原亜紀子氏をはじめとして、ご協力いただいた方々に心からお礼申しあげます。

宮木陽子

メリークリスマス！

ペーパーバッグクリスマス

最高の贈りもの

著　　者　ケヴィン・アラン・ミルン

訳　　者　宮木陽子

2016年10月20日発行

発　　行　いのちのことば社フォレストブックス
〒164-0001　東京都中野区中野 2-1- 5
編集　Tel.03-5341-6924　Fax. 03-5341-6932
営業　Tel.03-5341-6920　Fax. 03-5341-6921

ブックデザイン・本文カット　吉田葉子

印刷・製本　モリモト印刷株式会社

ISBN978-4-264-03380-6 C8098